全民阅读书香文丛

# 书道乐处

黄岳年 ◎ 著

上海科学技术文献出版社

图书在版编目（CIP）数据

书道乐处/黄岳年著. —上海: 上海科学技术文献出版社, 2018

（全民阅读书香文丛）

ISBN 978-7-5439-7667-2

Ⅰ.① 书… Ⅱ.①黄… Ⅲ.①随笔—作品集—中国—当代 Ⅳ.① I267.1

中国版本图书馆 CIP 数据核字 (2018) 第 152025 号

责任编辑：王倍倍
封面设计：许　菲

书 道 乐 处
SHU DAO LE CHU
黄岳年　著
出版发行：上海科学技术文献出版社
地　　址：上海市长乐路 746 号
邮政编码：200040
经　　销：全国新华书店
印　　刷：昆山市亭林彩印厂有限公司
开　　本：787×1092　1/32
印　　张：8.5
字　　数：150 000
版　　次：2018 年 8 月第 1 版　2018 年 8 月第 1 次印刷
书　　号：ISBN 978-7-5439-7667-2
定　　价：30.00 元
http://www.sstlp.com

# 序

　　阅读改变人生，这是大家都清楚的事。当代社会人们的物质生活大大丰富了，精神需要的元素越来越多，这是好事。可是麻烦也越来越多了。解决这些麻烦的途径有很多种，但是阅读，无疑是最有效的一种。以书为师，也就是以善为师。人生浮躁泛起的时候，心向书本，书道乐处，应该可以帮助我们。

　　最近两年，我的生活重心就是为书忙碌，为读者忙碌。建好一个图书馆，编好一份阅读报，我心向书，向着欢欣、向着快乐，在建设读书型城市、建设书香社会的过程中快乐着。能力虽然有限，但是心向往之一个美好的境界，总还值得珍惜。

　　徐雁先生约稿的时候，不假思索地答应了下来。翻检书箧，按要求整理好文字，任务也就完成了。倒不是因为手快，是因为我手写我心，劳者歌其事，文章都是写好了的，承蒙关怀，多的也都在报刊上发表过，近两年又没有专门结集出版新书，整理自然不难。

周国平说过，阅读是与历史上的伟大灵魂交谈，借此把人类创造的精神财富"占为己有"。写作是与自己的灵魂交谈，借此把外在的生命经历转变成内在的心灵财富。信仰是与心中的上帝交谈，借此积聚"天上的财富"。这是人生不可缺少的三种交谈，而这三种交谈都是在独处中进行的。

以书为师，以书会友，生活中的良师益友给了我许多帮助，而书籍和书里的人物，给了我无穷无尽的欢欣和鼓舞，这也就是书中文字的主要内容。野芹之献，就教于大家，这是文字结集的主要愿望。

书稿初成，朋友正好过来，我把最初的修订交给了朋友。时间很紧，任务很重，大家又很忙，回头想想，都有些不好意思。但是书稿即将付印，就又很开心。

即将在张掖举办的第十四届全国民间读书年会，又是一个有关读书的盛会。有关这次年会，有许多只可意会的欣喜，原是想收一些相关的文字进来，但受到体例的限制，只好放弃了。但这本书的编辑，正好在会议的前夕，又是一个很好的纪念。应该说，这是有关这一段工作最好的记忆了。

当代社会发展中，人们的想象力空前丰富。书里的文字算是非虚构类的。生活的门类是丰富的、多彩的，写作的内容理所当然的也会这样，我的笔触远远赶不上生活所赐，这又是一种遗憾。然而雪泥鸿爪，亦自有神，又可以成为一种风景，念及此，又欣慰有加。

翻开书本的时候，每个人当然看见向上的自己，呵护与葆有这一份美好，是所至愿。

七月，是大西北风光最好的时候，大漠和冰川、丹霞与草原，花海似锦，水草丰茂，书稿恰当此时完工，乐事也。

黄岳年

2016 年 7 月 1 日

# 目　录

## 辑三 书和史

## 附 录

# 辑一　书与路

## 春风荡漾好读书

——写在河西文献与文学研讨班两个月之际

　　两个月了，一拨人兴味盎然地坚持了下来。这不容易，在时下这个读书不易的日子。万丈红尘引动，心浮气躁是这个时代的特点。能静下心来去寻觅，去书写，真的不易。尽管老祖宗早就有训示，说淡泊可以明志，宁静才能致远，但金玉良言，良药苦口，听得进去的人可是少之又少。

　　然而，就是在这么一种情形下，在吴浩军教授的提议下，我们这一帮人居然坐下来了，坐而论道，还不亦乐乎，谁能说，这不是稀有难逢之事？

　　可不要小看这一坐。"心斋"而"坐忘"，为庄子所述。跏趺若金刚，乃佛氏之化境。朱熹说："半日静坐，半日读书。如此一二年，何患不进？"《大学》之道讲修证的层次曰："知止而后能定，定而后能静，静而后能安，安而后能虑，虑而后能得。物有本末，事有终始，知所先后，则近道矣。"这不仅是曾子特别提出的孔门心法求证实验的修养功夫，同时也代表周、秦以前儒道本不分家的中国传统文化中，教化学养的特色。此一坐，法儒法道亦法佛，心意初定。这一定，就有可观，大有可观。一定，就能成功。这也是约定俗成的成语。

我们选了至少一百位文献学家来研究。他们是谁？是孔子，是老子，是司马迁，是郑玄，是颜师古，是孔颖达，是范仲淹，是朱熹，是顾炎武，是王船山，是戴震，是段玉裁，是钱大昕，是梁启超，是张舜徽，等等。呵呵，他们是中华文明之魂。没了他们，也就没了我们的精神。

为他们立传的人多了去。万古千秋，代代相传。那么我们为什么还要这么做？答案多多，但人家说是人家的，我们做是我们的。可以了吧？还不足，就再说，譬如，我们需要从他们那里汲取养分，滋润我们干渴的心灵，他们需要我们传承，那似乎要失却的薪火。我们更需要他们，他们离不开我们。他们是照破千年暗的那盏灯，授予我们的是能破万年愚的大智慧。

还可以说出一万个理由来。

要是某一天，我们中的一个人研究了他们中的某一个，对这个人五体投地地佩服了起来，学习了起来，私淑了起来。得其神髓，光大其心愿，那又是何等气象？

这三十多个同学，都是八零九零后，大三大四的学生。你可以想象他们未来的路。我说，可不要轻看了啊。因为研究，因为编纂，他们和列祖列宗的老师们在一起，朝斯夕斯，况味着宗师们的人生和学术。天地君亲师，乱了的时候是大灾大难的浩劫之际，对了的时候就是兴旺发达意气风发的时节。脚下就踩着先师们铺好的金砖，眼光也成了从火眼金睛里放出来的，看到的，自然是金光大道，这如何得了。

或许，会有一些不如意，但是，我们会比今天少了什么吗？答案是不用言说的。我们只多不少。可能会少一些市侩气，少一些俗气，那又何妨？

我看见的，是希望。他们写下了数十篇文字。他们中的张念丽说："对于这个活动，大家的感受是不同的，但无一例外的是我们都进步了。比起往昔，多了一份耐心，多了一份细心，多了一份自信，也多了一份思考。这进步，不仅仅是在文字、文章、文学方面，更是一个人思想走向成熟的过程。我们以极大的热情和勇气走向一条新的路途。""每周一次的讨论会逐渐把我们引向一个更高的层次，一个别样的天地。"

过去的，才只有两个月。两年后呢？二十年后呢？

春风荡漾好读书。站在春光明媚的校园里，眺望远方，我看得见繁花似锦的风光。

2013 年 4 月 21 日午后

# 万卷书后万里路

　　我们的研讨活动，就要告一段落了。一段时间来，我们排除干扰，克服困难，取得了很好的成绩。已经完成的二十七篇文稿，就是大家心血的结晶。课程紧，学习任务重，英语四、六级考试，期末考试，都是必须要过的。在做好这些的同时，我们以先哲为师，学习他们的精神，师法民族文化的精华，树立自己人生的坐标，这是不容易的。未来会证明，这段经验，会成为人生中巨大的财富。我们的路还长，等着我们的困难，也不会少，但这又有什么关系呢？我们选出的百余位文献学家，哪一个不是历尽千难，成就学术的。有他们作榜样，我想我们的同学们，也一样会做出努力，成就自己的人生。

　　接下来，相当一部分同学将会外出，去实习，去参观。或广东，或新疆，或其他地方，都要留下我们的踪迹。吴老师让我说几句话，我也没有更好的东西，无非是老生常谈，新意不多。

　　我想说的，第一是今天而后，我们要见古。古有两义，首先是人，其次是物。人指古圣先贤，训诂学上，同声同韵都相训，贤者仙也，有仙则灵。以古为师要是不见人，即等于零。这也是我们编纂文献学家评传的初衷之一。贤者背后，是一个地方发展的历史和文化。物包含的内容很多，这里不展开说，但大家访古的时候，可别忘了淘宝，眼睛要有力气，吴老师就善于在荒山野地里发现学术，又比如旧书古书，那也是古董，有时候可值钱呢，一笑。

第二是见今。看不见现在，漠视当下文化的人，即便会取得一些成绩，也有限得很。不信今时无古贤。现在，那些有成就的大读书人、大学者，都是我们这个时代的真正代表，是宝贝。历史的烟尘散去，他们仍然会璀璨夺目。比如吴老师见过的饶宗颐，他不仅是泰山北斗，也是文化楷模，我在西湖边西泠印社盘桓的时候，孤山所有的氛围，都似乎在呈现着饶社长的风华，在他之前，西泠印社的社长是吴昌硕、沙孟海、赵朴初、启功。青年人风华正茂，大学者也喜欢和他们交往，当年，名教授李大钊与低学历的毛润之交流，鲁迅扶持青年，都是佳话。学者们言谈举止间传递出来的东西，往往读十年书也得不到，所以要勇敢地去敲大师的门，门开了，你有所获，被拒了，也无所失，总有一扇门，会为你大开。立雪深时道已传，善财童子五十三参，终成正果，这是我们的榜样。当然，见了善知识，要记得合影，题签。要有多余的，可送我一份，呵呵，别小看了敲门，月下敲门送紫芝，那是生命所需的养分。这其中有大智慧，要穷尽人生，用毕生去体察，才可能有所获。

第三，我想说说重走文明路。每个地方，都有巨大的文明遗存。佛经上说，每一寸土地上，都有救苦救难的菩萨流过的血。下车伊始，先看志乘。了解了文明历程，就去寻文明之路。知其然也知其所以然，你去过的地方就会化入你的生命。所谓第二故乡，此之谓也。万卷书后万里路，人间正道是沧桑。一定要学着走一走。前些天大家去焉支山，就是好样子。袁中郎说，死在冷泉片石上，要胜过老死在绳床瓦灶间。山水人文，人文山水，是养育我们的好地方。好地方在那里，要去看，去饱眼福，育心灵。

第四，希望同学们到每一个地方后，养成访书的习惯。中国文化有一个好传统，就是敬畏文字；中国文人有一个好习惯，就是访书。许多有志的人，都有访书的爱好。周氏兄弟、胡适、董康等人都是。钟芳玲写了几本《书店风景》，在读书界很有名，记录的是她到世界各地访书的经历，图文并茂。以书为师，是中华文明薪火相传本源性的特质，我们不可以丢弃。河南焦作有一个老先生，叫范凤书，痴迷于藏书楼，七十多年间，他寻访过往岁月祖国大地上他能知道的藏书楼及其遗址，孜孜以求，写成了《中国私家藏书史》《中国著名藏书家与藏书楼》等书。他也是个中学老师。我们现在的起点不低，又受到了这么有益的学术训练，我们也应该有成就。我们要学习这些人，到新地方了，也要去访书、看看有没有藏书人，去见见他们。藏书楼不易找，藏经楼是有的，一临凭吊，发思古之幽情可也。书籍是我们进步的阶梯，养成爱书的习惯，多多益善。过去，存书的地方是藏书楼，今天，存书的地方是图书馆。每个地方的图书馆，都有些特别的东西，可能的话，去看看那里的馆藏图书，那会给我们提供特别的养分。

第五，要坚持写。多读自知，多写自好。这是中文专业成就学子的法宝。兰州大学冯培红教授的弟子宋翔，现在是厦门大学的博士生，去年来张掖的时候，我看见他拿一个小本子，随时随地地在记录着什么。交谈中他告诉我，冯老师鼓励他这样做。好记性不如烂笔头，火石电光一样的灵感，是需要捕捉的，清景一失难追摹，这个时候，笔记会帮上忙。现代科技发达，我们不一定要笔记本，我的记录是写在手机上的，这样可以下载，省去整理录入之劳，很好的。人的思想，如果不落在纸上，思维便得不到更好的整理，做事情的条理，也就会打折扣。也要养成随时记录人生的习惯，这会让我们受益终生。有时候，把日记整理一下，就是很好的文稿。经常写日记的人会发现，日记，那是人生的富矿，日记会带给你许多意想不到的收获，甚至可以说，在日记中，你要什么都可以得到。这样说似乎玄了些，但你不知道，许多名山大寺中都悬着"有求必应"的大字，求谁呀？求人不如求己，求己？那可不如写日记啊。写日记，就是求自己。日记，是和自己心灵沟通的最好方式。

第六，多担当。天下难事，必做于易。看见地上脏了，我把它收拾干净，看见那个事没人做，我把它做好。帮人，不是帮别人，都是在帮助自己。这些道理浅，但真懂的人少。三岁小儿都晓得，八十老儿行不得。任何时候，敢于承担责任的人，都会是受欢迎的人，也才会是有作为的人。你逃避事情，成果和成功，也就逃避你。不要小看了那些身边的小事、琐事。你有礼貌，你微笑，别人才会找你。你冷若冰霜，好像谁都在欠你的债，那谁理你。中国最不缺的就是人啊，少你一个，有什么关系呢？所以啊，抢着做事，不计亏欠，肯吃苦的人，有福了。

第七，要有一个飞的志向，要争一个好的位置。有人生规划是对的。要有半年的目标，一年的目标，三年的目标。为什么以三年为期呢？这是研究生的学习时段嘛。没有目标的走路，就会很累，有了追求的目标，就有了人生的动力。目标要自己设定，定了就要践行，要自己督促自己，天天督促，天天进步，就会离目标越来越近。骆驼只有在戈壁里，雄鹰只有在蓝天上，才可以发挥自己的优势。戈壁和蓝天，就是骆驼、雄鹰的平台。没有目标，没有平台，人生就不精彩。一万年太久，只争朝夕。好好做，成功就在前面等着我们。

由于时间的关系，许多话，都不能展开说。点到为止，以过来人的身份，给同学们提个醒，希望对大家有用。

2013年6月5日在河西文献与文学研讨班发言。6月23日修订于母病侍疾时。市医院五楼306病床之侧，点滴静好。七十五岁的母亲已住院十二天，进入恢复期，心为之宽。24日上午录出

# 不怯于文益人生

按照吴老师意见，我在新一轮研讨班的开班仪式上与新同学见面时，讲一讲中文系学生不怯于文，也就是"不怯于文字"，不怯于为文，养成书面表达习惯的话题。

进入正题之前，我有一首新诗和大家分享一下：

### 春　来

河西学院文献与文学研讨班活动已持续两年，《文献学家评传》的纂辑也小有成绩。抚迪之际，感慨良多。一个人有一个人的命运，一件事有的因缘，仗缘而起者，常理也。研讨班诸生，聚散离合，俱可珍惜，惟品格之冶，殊为稀有，而书带之情谊，蔚为可久矣。

月圆月缺又一年，新知有情旧雨亲。

春来最喜书带草，梦里犹见郑康成。

我稍稍做下解释。我们的研讨班是 2013 年春学期开始的。诗中的新知是新朋友，旧雨是说老朋友。郑康成就是汉代遍注群经的郑玄。他是汉代经学的集大成者，他用来捆扎书册的草叶，后来人们叫做书带草。郑玄，也是我为《文献学家评传》所撰稿件的传主。以"春来"为诗题，是因为现在是最冷的三九天。"冬天已经来了，春天还会远吗？"

今天早上，我收到了一份礼品。打开过空间的人，会看到我今天的说说图文：

清晨，阳光灿烂中。收到了浙江朱炜寄来的新书《百里湖山指顾中》。同时寄来的还有其他礼品：陆放先生藏书主题邮票一套，德清图书馆明信片一套，丝巾一条。朱炜曾嘱我为《百里湖山指顾中》题签。由于出版原因，题签后来印在了扉页上。朱炜在后记中对作序的徐雁老师等表示了谢意，惭愧，我的名字也忝列其中。

诺贝尔奖得主艾伯特·史怀哲说过："有时候，我们心中的火焰熄灭了。但是，当我们遇见某个人时，它又会再次燃烧起来。我们每个人都应当对这个重燃我们内心火焰的人心怀感激。"

我们的话题就从朱炜开始吧。

朱炜是谁呢？朱炜是 1989 年出生，浙江经贸职业技术学院2011届的文秘专业毕业生，他的本科文凭是在浙江大学中文系取得的。我手头的这本书，就是他的《百里湖山指顾中》。这是他正式出版的第二本书。朱炜的第一本书是《湖烟湖水曾相识》，"湖烟湖水曾相识"是俞平伯《重圆花烛歌》一诗里写西湖的句子。由于我写过《琴瑟和鸣　神仙眷属》一文，在《籀园》杂志上发表过，那是关于俞平伯夫妇的文字，自然少不了要讲俞先生记录他们情爱的《重圆花烛歌》，朱炜看到后，就联系我了。听着电话里青年人的声音，我心里产生了热乎乎的感觉。后来朱炜印书，就要我题写书名，未能推脱，就答应了下来。我的字不好，朱炜在后记里说了感谢的话，这是我觉得不好意思的地方。中国阅读学会会长、南京大学的徐雁教授给朱炜的新书写了序，杭州师范大学的刘克敌教授也写了序，两位先生对朱炜推崇备至，可见此书之好。

我跟大家说朱炜，不仅仅是因为朱炜比我的儿子小一岁，和吴老师的儿子还有在座的同学们年相若道相似，说起来感到亲切，更要紧的地方在于，对我们来说，朱炜是一个励志的人物，他的事迹，是经过一番寒彻骨的奋斗，从而赢来扑鼻香的梅花般的生命历程的一段呈现。在他的新书发布会上，朱炜说：心之所向，即为故乡；愿为河床，迎接潮水。假如没有这些文字伴我成长，我的青春将会变得怎样寡淡、郁闷？他称引顾随的话说："一种学问，总要和人之生命、生活发生关系。"我觉得拿这个话来说朱炜和他取得的成绩，蛮贴切的。这也切合吴老师给的话题了：不怯于文，善于为文，有益于人生。

据朱炜说，大学三年，他跨了三个专业，首先是"文秘生"，同时是"文学生"，最后一年做了"文博生"。他说"那是我生命最美好最纯净的一段时光"。参加工作以后，忙忙碌碌，却一天也没有停止读书、写作和旅行。他说多读几本好书，写一点东西，多出去走走，然后争取把自己的想法和心情尽可能顺畅地记录下来，于个人的成长绝不是件坏事。同学们，这是你们的同龄人说的，可不是我要强加给大家的。朱炜在西湖边生活学习，读西湖的书和材料，会想到他所经历和感受到的有俞平伯先生的影子、气息和味道。那是存在于西湖的生活环境、风土人情和地域文化所形成的独特性格中的东西。西湖给了他新的生命历程，人们叫他朱西湖，可是我还要说那句说过了的老话：我们脚下的每一寸土地上，都浸染着菩萨流过血的呀，岂能让他荒芜。张掖人祖山是伏羲住过的，大禹治水，西王母接待穆天子，老子西入流沙也就是这里。人文荟萃，丝路明珠的金张掖，并不比西湖少一点点可爱处，而问题，在于我们是否有一个如朱炜一样的心去体察，有一双如朱炜一般的眼睛来看见。见仁见智，都是那颗心，上天赐予我们的身体和灵气，一点也不比朱炜少。人有俗雅之别，心有慧愚之分，很大的原因在于我们自身。锻炼吧，练出火眼金睛，养成蕙质兰心。

锻炼的方法就在我们的手上。我觉得，有必要重谈"多读自知，多写自好"的老话，分享人生中的一些经验。

首先是读书明理。这方面的话大家听得多了，我不多说，只重复我的朋友，江西易卫东校长常说的话：读书只缘养气质，问学岂为稻粱谋。有畅销书的书名是《读书岂为稻粱谋》，为养气质读书，为人生而读书，这书就会读得有趣有味也有成效。

其次是践行所知。践，是践履。千条万条，做是最要紧的。比如在家常早起，这是杜甫说的。他还有一句，忧国愿年丰。听李白的话，就是三万六千日，夜夜当秉烛。就算活到一百岁，也都要天天努力呀。我们这个时代，没有战乱，也没有饥饿，只要愿意，就能做自己喜欢的事，这有多么好。你们看看历史，这样的时代并不是很多。不负好时代，关注身边的人、事。前面说了每一寸土地都是菩萨流过血的地方，都值得我们去耕耘，去播种。我们要挖掘有益于自己成长的因素。我们甘肃，原就是华夏文明的发祥地，值得自豪啊。

第三，我倡导记日志，这就是多写自好的意思。朱炜之写，无非是感触、追寻、执着。这里的要义是随时随地去记值得记的事。苏轼诗云："人生到处知何似，应似飞鸿踏雪泥。雪上偶然留指爪，鸿飞那复计东西。"雪泥鸿爪，光阴如梭，你得有记述，有记忆。留住了，沉淀下来了，才是收获。

有没有记述不一样，记多记少也不一样。要是不记录，徐霞客也会湮没，要是不留文字，谁能识得屈原。标准是什么？成为作家要写过一百万字。每天两百字，一个月六千字，一年六万字。二十年，也就够了。这是速成的。当一个作家，特别是好作家，没那么轻易。大家多是普通人，一般地，天天记，成就一个人才，也就绰绰有余了。

第四，是自己搞一点研究。研究一点，追寻一点，修订一点，提升一点，这是人生升华的必由之路。在这个过程中，把自己培养成为一个写作者。还是用朱炜的话说，当作家难，但我们可以成为一个写作者。以前我说，愿意读书的人，是有福的人，现在我更要说，乐于写作的人，也是大有福气的人。不"述而不作"，不好为人师，待人以宽，律己以严。天天写，在自己的胸腔里建殿堂。让光天化日成为我们永远的天空。

最后小结一下。前面说的，合起来讲，就是积累生活，积累文字，最终赢得幸福的人生。荀子说积善成德就能神明自得。我们写文字记录生活提升自己，也是善事：天天向善，天天向上，日上日妍，那人生，能不幸福吗?

　　时间已经不多了，我就先说这些，以后，我们交流的机会还多。谢谢大家。

2014 年 12 月 28 日在河西学院九号教学楼 411 室演说，

30 日晚间修订

# 《诫子书》中有深意

传统家训中，千古贤相诸葛亮的《诫子书》格外夺目耀眼。那是他五十四岁临终前，写给八岁儿子诸葛瞻的一封家书。后来，历代有志的人，都很看重诸葛亮的《诫子书》，并以之作为修身立志的准则。诸葛亮是品格高洁、才学渊博的父亲，对儿子的殷殷教诲与无限期望尽在《诫子书》中。这些智慧理性、简练谨严的文字，将普天下为人父者的爱子之情表达得如此深切：

夫君子之行，静以修身，俭以养德。非淡泊无以明志，非宁静无以致远。夫学须静也，才须学也。非学无以广才，非志无以成学。慆慢则不能研精，险躁则不能理性。年与时驰，意与日去，遂成枯落，多不接世，悲守穷庐，将复何及。

诸葛亮嘱咐儿子，要用节俭来滋养品德。不看淡名利就不能搞清楚什么才是你所需要的，就无法确立正确的志向，不立志就不能学习成功。学习必须静心，心不静就不能高瞻远瞩。才识需要学习，不学习就无从拓广才识。怠惰散漫就不能励精求进，偏狭浮躁就不能冶炼性情。年年岁岁时日飞驰，意志也会随光阴一天天逝去，渐渐地枯零凋落，从而不能融入社会，可悲地守着贫寒的居舍，那时后悔，哪来得及呀。

南怀瑾生前大力提倡诸葛亮的《诫子书》，讲说《诫子书》。《诫子书》在他的慈悲心怀中，大有深意。

诸葛亮不是道家，完全是儒家。他一生的学问精神，都在他这一封给儿子的信中。他自己在前方打仗，当丞相带兵，对儿子照顾不上，他对儿子的教育，留下来的，只有这一封信。烽火连三月，家书抵万金。这一封信，却胜得过千言万语。

"夫君子之行，静以修身，俭以养德"，求静是修身，人们修身养性，练瑜伽，打太极，搞书法绘画，搞艺术，搞打坐，都是练习学静。"非淡泊无以明志，非宁静无以致远"，这句话涵盖了中国文化中儒家、道家、佛家的学问。"夫学须静也"，求学问必须要练习静定，学静的功夫。诸葛亮教诫儿子，"才须学也"，才，就是做人的本事。做生意也好，做官也好，都得有学问才行，没有学问，就没有本事。

诸葛亮的信和文章都很简单。他那么大的学问，那么大的功业，流传千古的也就两篇文章，就是前后《出师表》。更多的时候，人们忽略了他的家书。其实，这封家书即《诫子书》，才是最重要的。诸葛武侯一辈子学问好，事情忙，写信也只有简单明了的几句话，但其中却有很大的学问。"夫学须静也，才须学也"，才能是靠知识学习得来的。"非学无以广才"，各种知识，宗教、哲学、科学、商业、经济、金融、社会教育样样学问要懂，否则你的才能广大不了。"非志无以成学"，求学问先要学静定，你可能读到了博士，也从外国留学回来了，但你的心境一点都不静，那么也可以说，你的学问不大。就算是你有了些所谓的学问，也做不好事情，成不了大气候。杨康品行不好，即便是武功很高，也终究是个废人。这样的人出息不会大。时下的许多人，或许已经是教授、博士了，但大家"慆慢则不能研精"，你几十年懒惰不用功，空话谈得太多，应酬太多，吹牛太大了，懒惰轻慢。要注意这个"慆"字、"慢"字，自满了，得少为足，"则不能研精"，就是说，你没有进步了。反观郭靖，遭遇很苦，武功开始并不那么好，打不过杨康，可是他人厚道，品行好，他后来就成了气候。

要是一个人在少年时期背下了诸葛武侯的《诫子书》，弄懂了，也用了一辈子，那个好处就大了，成就也会很大。《诫子书》一字千金，力量非常大。"险躁则不能理性"，怎么叫险呢？偷巧，听一点认为都懂了，都是冒险、偷巧来的，心浮气躁，不宁静，修养不够。诸葛亮教儿子，不可犯这个"险"字。躁也是不能理性，明心见性的学问你做不到，心性修养也做不好，靠冒险偷巧是成就不了事业的。要做大事，必须照规矩来，不能蹦蹦跳跳地玩聪明，以为学问多了，这都不对。"躁"是足字旁，跳起来、虚浮。诸葛亮对儿子说的，都是严重的教育问题、修养问题。

"年与时驰，"他说年龄跟着时间一下就跑掉了，人就老化了；时间像马一样跑过去，光阴不听人的话。"意与日去"，我们人生的意气、志气，跟着年龄而老化，年纪大了，勇气没有了。"遂成枯落"，吩咐儿子好好读书，"遂"就是现在说的"就"，你马上就要老了，像枯叶一样落下去了。"悲叹穷庐"，老了自己再后悔，"将复何及也"，到那个时候，走投无路。汉代的乐府诗"少壮不努力，老大徒伤悲"，说的也是这个意思。我们民族儒、释、道文明教育的宗旨就在其中。

诸葛亮是东汉末期的人，他的这封后来做了家训的家书简单、明了、清楚，教育效果也很突出。蜀国到了最后，晋兵司马炎的部队打过去，要灭亡了。诸葛亮的儿子诸葛瞻绝不投降，真是满门忠烈。诸葛亮的孙子也是跟着父亲殉国的，三代忠孝。当然，诸葛亮还有庶子，他是有后人的。诸葛亮的教育，真的是德才兼备、文武双全。

一百多年来，我们国家教育没有目标，政治意识不是教育目标。国家民族整个的教育，十三亿人的后代，民族的精神缺失了很多。许多讲法，其实只是一个方法论。现在，教育都要被挤扁了，全社会向钱看，大家都要自己的孩子考名校，挣大钱，都办得到吗？

诸葛亮的《诫子书》是中国儒家教育目标的浓缩。开头"夫君子之行，静以修身，俭以养德，非淡泊无以明志，非宁静无以致远"，就是千百年来我们国家民族教育的宗旨，教育的方向，教育的目标。诸葛亮是先说如何做一个人，再谈事业的。诸葛亮的儿子受的是这种教育，战斗打到最后没有办法支撑了，战死为止，绝不投降。这种文武双全的忠义之举，就是这种教育造就的。

2013 年 4 月 9 日

# 阅读情味少年始

　　为什么好好读书就能学着做一个高境界的人？因为在书中会碰到很多人，这些人的人生境界高、情味深，能做好榜样。大众芸芸，但做人境界却不一定能高，人生情味也不一定能深。大家都是普通人，但在书中遇见的人却不同，他们是由千百万人中选出，又经得起长时间的考验而保留以至于今日的，如孔子，距今已有二千七百年，试问中国能有几个孔子呢？又如耶稣，也已经二千一百多年，他如释迦牟尼、穆罕默德等人。为什么我们敬仰崇拜他们呢？便是由于他们的做人。当然，历史上有不少人物，他们都因做人有独到处，所以为后世人所记忆，而流传下来了。这些话的主要意思，就是让青少年在书中和优秀的人相遇。这是钱穆先生的主张。

　　随着江苏、湖北、深圳等省市陆续出台推进全民阅读的"条例"或"办法"，国家层面上的《全民阅读促进条例》和《全民阅读中长期规划（2015—2020年）》也将呼之欲出。这意味着，我国社会在"世界读书日"

（4月23日）、"孔子诞辰日"（9月28日）等节点举办的各种全民阅读推广活动，也将在2015年建树起新的里程碑，形成推动建设"书香中国"，培育全民族"读书人口"，倡导"读书好，读好书，善读书"的共识与合力，共同建设"阅读社会"的新常态。人贵有读书成才之志，知书才能明理达礼，进而建立尊贵的德行，奉公而守法。阅读，尤其是读好书佳作和名著经典，是人类求知开智之渊，鉴真审美之窍、修身养性之本。正是阅读，为人类开创了一个可持续、加速度发展着的文明社会，让世界各地的人们对于更加美好的未来，充满着心理上的期待和行动上的追求。在中小学生中广泛深入地推广阅读，尤其有其必要性。

我国是诗歌的国度，引导学生读诵好古典诗歌，是语文学习和学生阅读写作的灵魂。在过去，有人送诗了，就有雅称，说是赠玉。诗歌和金玉是等值的。比如杜甫写给李白的诗句"笔落惊风雨，诗成泣鬼神"，那价值，能估算得了吗？金风玉露一相逢，便胜却人间无数。

他们好美啊："李杜文章在，光焰万丈长。"写出了好诗的人，不美都不行，正如人说，没有丑女人，只有懒女人。眼睛里看不见诗意，胸次中无丁点诗情，生命之无趣，还有得说？

什么最美？诗情画意。哪个最靓？万古流芳。这是人类审美的共识。烟尘散去，铅华洗净了，诗歌之珠玉，依旧会熠熠生辉。

因为《满江红》，人们理解了岳飞。因为《正气歌》，百代之下，我们和文天祥也不陌生。那个舞台上的白脸汉子，要是没有了"星汉灿烂，若出其中，日月之行，若出其里"的诗歌，他磊落的心怀，如何与后人见面？

看见李白了，他在写"三万六千日，夜夜当秉烛"。喜欢杜甫了，跟他念"在家常早起，忧国愿年丰"。诗歌是我们安心的地方。心之所向，即为故乡。古典诗词最大的功能，是让人的心不死。中华民族历千万年打不死整不垮之正因，其唯诗乎？"诗是吾家事，人传世上情"，孔子云："不学诗，无以言。"什么都没有的时候，有诗，就有希望。诗心，是无敌的。君不见一个诗人，赢得了一个新中国。

除了诗歌，祖国文明宝库里可读可诵的华章灿若星辰，只要引导得当，会给孩子们构建起一座美轮美奂的人生精神大厦，让他们受益无穷。

当然还有外国的，当代的作品。全人类的精神财富都是青少年阅读撷取的对象，我们不可以轻忽。

青少年的阅读习惯养成之后，读书就成了他们最好的享受，谈读书之乐的文字太多，我的感觉，是无论你怎样说，都不会算是过分。青少年心地单纯，读一部就是一部，口诵心惟，咀嚼得烂熟，透入身心，变成一种精神的原动力，一生受用不尽。

朱光潜说，读书原为自己受用，多读不能算是荣誉，少读也不能算是羞耻。少读如果彻底，必能养成深思熟虑的习惯，涵泳优游，以至于变化气质；多读而不求甚解，譬如驰骋十里洋场，虽珍奇满目，徒惹得心慌意乱，空手而归。世间许多人读书只为装点门面，如暴发户炫耀家私，以多为贵。这在治学方面是自欺欺人，在做人方面是趣味低劣。

物质文明与精神文明的发展，离不开知识的芬芳，书香的覆盖。如果说赠人以书，手有余香的话，那么导人读书，其善则莫此为大焉。青少年可塑性强，在人之初的阶段奏响"读书好"的主旋律，会夯实人生发展的台基。青少年阅读活动担负着培育读书种子，建设文明社会的重任，功德无量。

携手四海五湖读书人，营造阅读文化大气场，推进全民阅读工程中青少年阅读的新进展，是教育的时代担当。让青少年成长插上书香的翅膀，融入全民阅读的大合唱，为中华民族的伟大复兴增添"文化软实力"，理应成为教育不懈的追求！

2015 年 3 月 12 日

# 陶渊明与张掖

历史文化名城张掖，有许多名胜古迹，奇闻轶事，但要说我国天才的田园诗人、"古今隐逸之宗"陶渊明到过这里，恐怕就鲜为人知了。

但是，陶渊明确实到过张掖并留下了诗作，而且，他那个在人类文明史上占有辉煌位置，让中国人陶醉了一千五百年的理想国"桃花源"的蓝本，也正是被誉为"塞上江南"的张掖。

翻开《陶渊明集》，陶渊明悼国伤时、追慕节义的诗章赫然在目：

> 少时壮且厉，抚剑独行游，谁言行游近？张掖至幽州。饥食首阳薇，渴饮易水流，不见相知人，惟见古时丘。路边两高坟，伯牙与庄周。此士难再得，吾行欲何求。
>
> ——《拟古九首》之八

从本诗所述之志和《拟古九首》末章"种桑长江

边，三年当望采，枝条始欲茂，忽值山河改"的句子看来，前引诗作应写于元熙二年（420年）前后。宋武帝刘裕于义熙十四年戊午（418年）十二月幽禁晋安帝于东堂，立恭帝。恭帝元熙二年庚申（420年）六月，又逼恭帝禅位于自己。陶渊明是晋室大司马陶侃的后人，他发"山河改"之类的感慨是很自然的事。此时的陶渊明，已经五十六岁，"烈士暮年，壮心不已"，晚年的陶渊明，虽已隐居多年，但显然仍在关心着时事，难以忘情于壮志满怀的青春岁月和自己的理想，关心着自己到过并且留下了深刻印象的张掖。

古人尚游，陶渊明更喜欢游历的，他还有诗曰：

忆我少壮时，无乐自欣豫。猛志逸四海，骞翮思远翥。

——《杂诗》之五

那么，陶渊明为什么会到张掖来呢？

原来，晋代自"八王之乱"以后，中原地区就已经被逐鹿争雄的统治者弄得兵连祸结、民不聊生了，正如当时民谣所唱的那样："秦川中，血没腕。"可是，河西一带在西晋灭亡之后，却由于原西晋凉州刺使张轨的儿子张寔治理得力，子孙保有一方，成了西北中国唯一政治安定、经济繁荣、人民安居乐业的好地方。许多中原大族、文人学士相继携家大批来此，百姓们也络绎不绝，奔向这块乐土，躲避战乱（即《桃花源记》所谓"避秦时乱"）。河西的经济文化呈现出一种极为罕见的兴旺景象：那个时候，我国与中亚地区的文化交流主要在这里进行；敦煌的莫高窟、武威的天梯山石窟、张掖南部的马蹄寺石窟也都在那个时候开始营建；文化巨人、译经大师鸠摩罗什也在那时驻锡张掖。"区区河右，而学才埒于中原"（《北史·文苑传》），"号为多士"（《资治通鉴》卷一二三）。这些都标志着河西学术在当时的盛况。陈寅恪先生曾就此指出："刘（渊）石（勒）纷乱之时，中原之地悉为战区，独河西一隅自前凉张氏以后尚称治安，故其本土世家之学术既可以保存，外来避乱之儒英亦得就之传授。"（《隋唐制度渊源略论稿》）陶渊明的另一篇诗作《赠羊长史》证明，作为将门之后的青年陶渊明，从西归将士的口中听到过上述情形并流露了由衷的钦羡。自然，"少时壮且厉"的陶渊明对于河西，就免不了怀有一份"心向往之"的激情了。于是，在尚游士风的影响下，一向追慕古人、称许过侠士荆轲的陶渊明，就随着西来的人流，仗着热血青年的豪气，"抚剑独行游"，欣然来到了远离战火的世外桃源、物候条件甲于河西的塞上明珠张掖。

　　对张掖的风土人情，陶渊明应该是十分熟悉而且喜爱的，张掖在两晋人心目中的地位也是很醉人的。不然，晚年的陶渊明是不会念念不忘、赋诗以记并引为自豪的。

陶渊明来张掖的路线，是从丝绸南路经大斗拔谷（今民乐扁都口）到达张掖。因为这是当时中原通往河西的最佳路线。大斗拔谷横穿祁连山，两山峡峙，一水中流，群峰争势，风景如画。入山则鸟语花香，树木葱茏；出山则一抹平畴，沃野千里，于峡口放眼张掖，但见"阡陌交通"，"土地平旷，屋舍俨然"，与《桃花源记》所述内容极为相似。

陶渊明生于公元365年，卒于公元427年。29岁任江州祭酒、镇军参军等，41岁任彭泽令，此后挂冠去职，不为五斗米折腰，再未出仕。他到张掖来的时间，当在22岁至28岁之间（387—393年）。此时，正是后凉吕光在位（386—399年）时期，张掖属吕光所辖，河西相对安定。

在这样一个特殊时期感受了张掖人民安乐生活的陶渊明，面对中原一带饱受战乱的局面，时时想到张掖这个世外桃源般安定和平而又文明美丽的好地方，就是一种最自然不过的事了。也就在写过《拟古九首》诗后的第二年，57岁的陶渊明又一次挥笔，以他所了解并印象深刻的张掖风土人情为原型材料，升华和勾画了寄托自己的社会政治理想，也为炎黄子孙梦寐以求的理想国"桃花源"，写下了不朽的传世之作《桃花源诗并记》。

据陈寅恪先生《桃花源记旁证》的考证，桃花源材料的主要来源和依据是西征将佐归来后所谈西北人民逃避苻秦暴政的情况，而其所寄托的社会理想成分，亦与《拟古九首》所述事相似。可惜的是陈先生的考证没有引起人们足够的重视。陈先生未明确指出"西北"即张掖，固然是由于他治学严谨的原因。但先生未能深究《似古九首》，对张掖地况缺乏实际体察，也可能是一些重要的因素。

总的说来，陶渊明时代的张掖，即未受前秦灭前凉、吕氏建后凉的兵事大灾，那么在物候优越的自然条件下，平畴沃野，阡陌纵横，富庶一方，便也是自然而然的。因而，历经战乱的陶公到达后把这里视作与世隔绝的人间仙境，也就不难想象了。至于后来陶渊明在他的作品中怀念张掖、艺术地再现张掖人民的生活并借以寄寓自己的理想，也就更可以理解了。

# 汉简有味

20世纪30年代初，河西首批出土汉简一万余枚，轰动世界。尔后，新显学汉简学诞生。现存汉简的数量很多。说起来，当代汉简出土的地方不少，然而，多的又都和张掖有关。主要的原因，是因为很多许多汉简存在的地方，都是当时张掖督尉的辖区，这些简牍所讨论或安排、记录的事，当然是张掖郡的事。肩水金关所见国家一级文物西汉帛书"张掖督尉启信"，就是这一境况的明证。由此生发开来，说汉简学也是张掖学，也有道理。

按照李学勤的说法，过去了的一个世纪，是甲骨学的世纪，我们正在经历着的这个世纪，是简牍学的世纪。那么汉简与张掖，也将是没有办法分开的。换言之，无论是谁的世纪，汉简之大部分都在河西走廊，而河西走廊之简牍文献，又多与张掖有关，因为那些地方都是汉代张掖郡的辖区。然而，简牍研究中的张掖元素却没有得到足够的重视，理由之一，就是缺少专门的著作。填补了这个空白的是纪向军《居延汉简中的张掖乡里及人物》。向军是公务员，公务员而埋首流沙坠简，难事也。

前几天，八十四岁的钟叔河先生寄来了一封信和一纸彩笺，彩笺手录知堂老人流沙坠简诗云：

> 琅玕珍重奉春君，绝塞荒寒寄此身。
> 竹简未枯心未烂，千年谁为再招魂。

诗里说的事发生在民国八年（1919年）。汉代居延境内的戈壁沙漠里出土了一批竹简，内容大多是军政等事，其中有一封信云："奉谨以琅玕，致问春君，幸毋相忘。"意思是，随信送上玉佩一枚，问候春君，期望不要相忘。后人考证颇多，知堂和钟老是把信看作一份穿越千年的爱恋，琅玕是女子的腰饰，用青玉雕琢而成。钟老曾在文章里说，"在他（周作人）的七绝中这也是写得最好的一首，因为它传达出了超越时空的情感，也就是人性的永恒"。一片用十四个字（是墨写的还是血写的呢）热烈恳求"春君幸毋相忘"的情书，历经两千年的烈日严霜、飞沙走石，却仍能以美的形态和内涵，表现出那番血纷纷白刃也割断不了，如刀的风头也无法吹冷的感情，使得百代而下的我们的心亦不能不为之悸动，从中领受到一份伟大的美和庄严。"长沙近年新出土了一批吴简，因为偶然的机会也看到一些，却绝未发现有像致问春君这样有意思的。看来那时我们的长沙人即以鄙视浪漫注重实际，懒得隔上万千里来说什么'幸毋相忘'的空话，心思和笔墨都用在问候长官或者记明细账上了。"由于偏爱这一汉简，钟老对"我们的长沙人"也带上了责备的意味。

然则向军其有心人，招魂人欤？他是在呼唤张掖文明的光大吗？这汉简，或直接或曲折地反映了这个朝代是兴盛抑或败落，强大还是弱小，而河西简牍特别是张掖简牍的气派气场，无疑对向军具有莫大的吸引力。

任何社会，为了安定、繁荣、和平，普通的文化建设都非常重要，比如诗词，比如绘画，比如纯欣赏性的作品。社会文化遗存则是这一切最重要的生长点。理想社会是宽容的，兴趣和价值取向应也愈加丰富，更加多样，各种价值取向都有比较自由的生长空间，尤其是艺术，在审美上面要有更加丰富的样式。当更加丰富的价值取向出现的时候，社会就会变得更美好一些，或者说更深刻一些，而不是单纯的赶时髦，也不是单纯的装典雅。向军之作，亦当代文化建设之大贡献也。

所以真正有点眼光的领导人，肯定不会忽视这些问题。这也就是主政甘州的领导者为什么称许《居延汉简中的张掖乡里及人物》的主要原因。

西汉时期，张掖郡属地区的军事、政治活动很多，留有大量相关的汉简。东汉后期，这里大规模的军事活动停止，大量汉简被埋没在茫茫的大漠之中，近世重现，原是盛事。惜乎有关张掖的研究没有投入足够的劳动量，深入地展开来。现在，这些原始的记录文档通过纪向军的笔触呈现了当年张掖郡各县下辖之乡里、人物较为详尽的状态，这对于张掖文明的建设具有特别的意义。那些地名是意味深长的：安国里，宜水里，万年里，长乐里，博厚里……那些人物也是鲜活的：夏侯谭和原宪斗酒斗殴伤了肋骨，他抗敌机敏，为官"公廉"。鸣沙里徐谭多次立功，曾连续三年秋射成绩突出，阳朔七年七月后擢升……

展卷之际，天风浩浩，回望历史，大汉张掖的风情跃然纸上。

2015年1月20日，著名敦煌学家、兰州大学冯培红带着二十多人的研究团队西行张掖。冯门弟子、博士生王蕾译讲了日本学者关尾史郎的著作《高台研究的成果和意义——推进"高台学"》，引起反响。我国简牍学的发祥地张掖境内有学者谈一门新学问的建立，这是一份荣耀。从这个意义上来说，《居延汉简中的张掖乡里及人物》的出版，也是张掖的荣耀。

近年来，美、英、法、德、韩、加、比、新、匈牙利、挪威等国都有学者把精力投向我国出土简牍的研究，且成果不菲。国内则香港中文大学、中国社会科学院、中国文物研究所也出了大批成果。每年都有多次有关简牍的重大国际学术会议在国内外召开。可惜的是"中国简牍学"的发轫之地甘肃，简牍学的研究却有明显的不足，相关研究成果当然也不能说多。在我们正在经历着的"简牍学的世纪"里，张掖有一个纪向军，真的是难能可贵。出土简牍的地方，会以自己独特的古文化优势吸引海内外人士，带来当地学术文化的繁荣，也会直接或间接地推动地方经济的发展。

我甚至想，要是能有一个"张掖简牍研究中心"，就会给古城增添无尽的神韵。张掖郡是汉代简牍的"渊薮"，随着张掖文明的进一步弘传，参访者和专家学者来张掖凭吊古物，交流学术，寻根探源，汲取祖国优秀文化的有益滋养将成为常态。汉简研究将会作为人类文明的象征，深刻地影响到人们的社会生活和精神面貌，也会使张掖成为国内外人士的向往之地。

2015 年 3 月 24 日

# 巴金、《点滴》和周立民

1935 年 2 月，旅居日本的巴金，编定了一本散文随笔集，取名为《点滴》。那天，正落着雨，巴金的文字中也带着些许寂寞的愁绪。七十三年后的 2008 年 9 月 29 日，在上海的巴金故居里，周立民也编了一册书，就用了巴金这本随笔集的名字《点滴》。不同的是，这回的《点滴》，是一本刊物，这份刊物，自那一年创刊后，到今天，已经是第五个年头了。现在，二十四本刊物摆放在我的案头，做我身心轻松的清供。刚刚还收到了巴金故居寄来的《点滴》2008—2012 年全文数据光盘版。这是巴金故居向《点滴》作者馈赠的厚礼。

这是要感谢的。近年来，周立民为巴金，为文化忙忙碌碌，办杂志，办巴金故居，不遗余力。他不经意间完成的，是我们对巴金认识的升华。与许多人一样，巴金的"激流三部曲"，曾是深刻影响了我情感世界的书。和鲁迅一样，巴金几乎对读者的每一封来信都写了回信，据统计，巴金写出的信有七千多封，其中相当一部分信，就是他写给读者的。读他著作的时候，我没有给巴老写过信。很可惜的原因，是曾经很热切地给一位自己钦佩的学者也写过信，热切中等待，一直没有下文。要是那封信，是写给巴老多好。一笑之余，我就想，要那样，我现在，或许就有了把心交给读者的巴老的手迹了。

巴金一生，以说真话做善事为归宿。便是在身后，他的书，他的故居也一如既往地发光发热，温暖着人间。据说，巴金写给唐弢的两页题词，拍出了两百多万元的高价，那不过是文人间最平常不过的交往而已，这么一摞钞票丈量下来，贫寒惯了的文人士子们，大约都会无语。这大约是他生前没有想到的。在巴金故居里，资料是不少的。虽然大量的资料都去了现代文学馆，但巴金生活的气息，全息式地都存在于此间。巴金随手赠给黄裳的书里，就有"文化大革命"中黄裳被抄走的书。对于晚华夕照中的生命，这是何等厚重的礼品。这些，在故居里是展示着，述说着。

周立民在《点滴》创刊的时候说：

"我们每个人都有着更多的思想，更多的同情，更多的爱慕，更多的欢乐，更多的眼泪，比我们维持自己的生存所需要的多得多。所以我们必须把它们分散给别人，并不贪图一点报酬。否则我们就会感到内部的干枯，正如居友所说：'我们的天性要我们这样做，就像植物不得不开花一样，即使开花以后接下去就是死亡，它仍然不得不开花。'……"（巴金《谈心会》）巴金先生一辈子都在实践着这样的诺言，我也愿意追随他的志愿——尽管，我的力量是那么微小，但大家的力量汇聚到一起就很值得期待了。那么，请快快加入进来吧，您的一点一滴的支持都是对我们的莫大推动和鼓励！（《点滴》2008 年第 1 期《写在前面的话》）

把更多的爱散播开来。巴金是周立民找到的人生的金钥匙。为人的文学，为了真善美而写作的巴金，值得倾心。"即使在今天，一个人在少年时代如果遇到了巴金的作品并能认真地阅读、体会它们，亦是他的人生之幸。"周立民说，巴金给中国留下了二十六卷本的不朽著作和十卷本的精彩译著。巴金毕生以文学传达的真善美，他的精神和人格力量，对于正在努力建立"公平、诚信、包容、创新"城市价值的国际大都市上海，弥足珍贵。其实，即便是对整个世界，这样说也一点不过分。如果说巴金故居是纪念巴老的一个物质博物馆，那么《点滴》，就是建立在远远近近心上装着巴金文字的读者精神世界里的一座精神博物馆。

《点滴》在继续发扬着巴金的精神，传递着巴金心里的爱。在 2011 年第 6 期的《点滴》上，是黄裳的

《永玉来访》：

> 我提起永玉做过的有意义、有文献价值的"好事"如为陈寅恪在庐山立墓，永玉说，"我拉了个热心的大官，曾任江西省委书记的毛致用上庐山，他帮了大忙。一起上庐山，山上人以为我们来度假，三个钟头内办完事我们就下山。在植物园安放了骨灰盒。原来陈散原那座楼房并没有退还。"接着永玉用墨水笔画了"松林别墅"的速写。
>
> 陈寅恪归葬庐山，傍父亲散原老人故居"松林别墅"而安息，是文化界一件大事。可是不见于书报记载，此文此图，足为典据。

《点滴》上有许多这样的文字。

这可不是小事啊。《点滴》之善，善莫大焉。由于这个缘故，我再去庐山，便会去植物园，看一看在《王观堂先生纪念碑》里写出了如下句子的陈寅恪先生："士之读书治学，盖将以脱心志于俗谛之桎梏，真理因得以发扬。思想而不自由，毋宁死耳。……惟此独立之精神，自由之思想，历千万祀，与天壤而同久，共三光而永光。"巴金意愿中的事，《点滴》都在搜索着，努力着。

巴金的《随想录》写了四十万字，周立民的《〈随想录〉论稿》写了三十四万字，这也该是他追寻人生真谛的记录。他说这是《随想录》注疏本的长长的导言。我想，这却又是陈寅恪"独立之精神，自由之思想"的一个写照。因为，就《随想录》而言，这是一个现代知识分子与庞大体制抗争，寻找自我的宣言，是他心灵煎熬、挣扎又寻求突围的记录，是一位孤独老人寻求理解和自我救赎的心灵独白。这是小看不得的。周立民是七十年代出生的人，他的巴金研究正是在黄金之年，路正长。假以时日，在巴金故居里完成的《随想录》注疏本会使我们这个社会惊喜不已。值得我们期待的，自然也只会更多，更多。

晚年巴金在看过卢梭像后，回到旅馆，说自己老是在想四十六年前问过自己的那句话：我的生命要到什么时候才开花？"这个问题使我苦恼，让我可以利用的时间只有五六年了。"

这是功成名就的巴金啊。第一次从法国回来，他写了五十年，第二次从法国回来，怎么办？他说至少也得写上五年，十年，也得写出两三部中长篇小说啊。

巴金生命的最后时间，没有再做别的事。他把宝贵的桑榆之光，用来讲真话了。在世道人心被金钱和虚伪侵蚀严重的今天，我们有生命的时间，可以不讲真话吗？这很可怕。

我觉得，今天周立民所做的，正是巴金所想要做的。与时并明的《点滴》所播撒的，正是从巴金心里流出的种子。有幸能读到每期《点滴》，是亲近巴金文脉的好途径。

2013 年 9 月 13 日傍晚

# 西湖记得黄文中

在西湖游孤山，来到西湖天下景的时候，就看见有一个亭子，亭子上有一块匾额，上面是正楷"西湖天下景"。朋友说，杭州人要是不曾在这个地方拍过照、留过影，这可就很奇怪了，从这一块匾挂上去的那一天算起，凡是地球上识得汉字的人，带着照相机到过这个地方，谁不想揿下快门，谁就是笨人。我们相视一笑，呵呵拍照。"山外青山楼外楼，西湖歌舞几时休"，这可是皇家苑囿，行宫美景。

匾额上的落款处云："康南海题西湖联有'如此园林，四洲游遍未尝见'之语，弥觉坡仙此句可珍也，书额张之。二十三年春，陇右黄文中。"千万里之外，见到我甘肃先贤书写的文字，又自豪又亲切，不免盘桓流连起来。要知道，中国书法博物馆就在孤山，西泠印社也在这里，在这里挂字，不是第一流，怕也错不了多少的。

再仔细看，就又有新的发现了。亭子上的对联也是黄文中写的，还居然是"叠字联"，联曰：水水山山处处明明秀秀；晴晴雨雨时时好好奇奇。这是叠字联中的"连珠对""踩花格"，顺读、倒读都行，还可以似脚踩花步，循环反复地去读，可以读作：水处明，山处秀，水山处处明秀；晴时好，雨时奇，晴雨时时好奇。上联从空间落墨，写西湖常景，山明水秀，无处不美；下联从时间着笔，评西湖变化，晴好雨奇，无时不佳，确实可称为情景并茂、表里皆美的叠字联珠佳对。黄文中真不愧是大家风范，一副对联，竟讲究如此，无怪乎当时就深受著名学者黄侃盛赞，广为流传，后世更青史流芳。

后来留心，更觉欣喜。原来黄文中是在张掖工作过的，还担任过高台县县长和临泽县县长，他去沪杭，就是从张掖走的。他的女儿黄国梅就落户在张掖，现在已经七十五岁了。黄国梅还写文章，讲述了名匾"西湖天下景"在"文化大革命"中被毁，一波三折后重新恢复的故事：1972年，杭州中山公园景亭上恢复的这副匾联中，落款抹去了"黄文中并书"，改为"任政书"。1982年，甘肃省政协委员裴慎之在杭州看到这一匾联后，在《甘肃日报》上发表了《陇花香在西湖边》一文，指出西湖天下景亭上的匾联作者应为黄文中。黄国梅看到这篇文章后，与杭州园林局联系，寄出匾联原始照片，要求恢复匾联的真正面目，并于1984年持甘肃省政协及民革的介绍信与丈夫前去杭州联系，提供了黄文忠有关这副匾联的资料，当时杭州园林局的答复是：确认这副匾联的作者是黄文中，更改后制作悬挂。但这事一搁就是两年多。1985年，杭州朝晖中学的陈惠翔在《中国少年报》上发表了《黄文中》，在《杭州日文报》上发表了《黄文中与西湖楹联》，在《园林与名胜》杂志上发表了《何时名联复旧观》，王纪刚发表了《我怎不摇头叹息》，这才引起了有关方面的注意，杭州园林局于1987年11月重新制作了匾联，按原版制作，落款为"民国二十三年陇右黄文中"，但因字迹太小，放大后不清晰，落款补上了"黄文中撰"。虽说有所更正，但还不是原匾联的原貌。再后来，省人大原副主任流萤先生不辞辛劳，查找有关文史资料，翻阅黄文忠的尚存遗墨，在他的《塔影河声》一书中对黄文忠的为人、品德、学识以及忧国忧民的爱国情怀，作了全面翔实的介绍，并将这副名联翻刻于兰州碑林。临洮县为编写县志，找到了黄文忠当年在杭州书写的匾联手迹。黄国梅将父亲的手迹寄给时任浙江省委书记习近平，要求恢复西湖天下景亭匾联的历史面目，习近平批转杭州园林局后，2004年6月，匾联才按原版重新制作，悬挂在了中山公园西湖天下景亭上。

黄文中，字中天，甘肃临洮人，老同盟会员，早年留学日本，因翻译《日本民权发达史》一书，孙中山曾亲笔题赠条幅："世界潮流，浩浩荡荡，顺之则昌，逆之则亡。"黎元洪为题"观国之光"。曾在甘肃任过四任县长，后因时局动乱，他从张掖离开，远赴沪杭，以写字、撰稿酬金维持生计。西湖许多景点上都留有他的遗墨，收集到的有 17 副，还在悬挂着的有 12 副。苏小小墓联"且看青冢留千古，漫道红颜本暂时"，韬光庵联"湖光塔影连三竺，海日江湖共一楼"，飞来峰冷泉亭联"峰欲再飞无净土，泉甘耐冷有名山"，灵隐翠微亭联"孤亭似旧时，登临壮士兴怀地；鹫岩标远胜，翻动平生万里心"等都至为工稳。那年，湖北籍的北京大学教授杨绍恕心如雅好寻幽探胜，游杭而题咏湖山。杨心如和黄文中同寓孤山俞楼，两人一见如故，敬服黄文中题咏，他请黄文中将为西湖题写的联语重书结集，编成《黄文中西湖楹贴集》在上海出版，书成，章太炎弟子、著名的朴学大师黄侃为《黄文中西湖楹贴集》写有题跋云："今临洮即狄道，晋世辛谧善草隶书，黄君盖绍其坠绪者。近世书体，唯诸城最难抚放，不得其意，未有毡裘气。黄君独不然，洵可异也。心如学士与黄君，初不相识，与之遇于西湖逆旅中，赏其词翰。黄君以为温雪之遭，故备录所为楹帖以诒之，心如亦视如苍璧，珍重藏盍，斯不负黄君之投赠，尤可征心如奖善重文之怀，爰为题记左方，以示钦悦。乙亥浴佛日黄侃。"按辛谧，陇西狄道（今临洮）人，《晋书·隐逸辛谧传》上说他"博学善属文，工草隶书，时为楷法"。黄侃将黄文中与辛谧并称，可见其推重之心。黄侃还亲自重写过黄文中拟联，盖因杨心如念念不忘故也。黄侃篆书的平湖秋月联"鱼戏平湖穿远岫，雁鸣秋月写长天"边款为杨氏行书，文曰："临洮黄中天先生文中，久旅西湖，喜为楹帖，凡经登眺处悉张之。独此联成而未悬，余与同寓俞楼匝月，为温雪之交。先生既还陇上，余重至武林，徘徊是间，忆先生佳对，状景微妙，爰祈吾乡黄季刚先生为篆而悬焉。乙亥秋日谷城杨绍恕心如记。"

在朋友处看到一本张谔主编的《黄文中楹联诗文书法珍存》，甚为精美，那是甘肃人民美术出版社2006年出版的，书中所收黄文中自题砚和镇尺照片，砚底行楷字曰："我书意造本无法，此老胸中常有诗。中天。"上下联分别集自苏轼、陆游诗句，意境非凡，向来为书家所珍。一对镇尺上也是行楷题书："做事须求于世有益，观人岂尽与我相同。"镇尺题字上分别落有小款："中华民国十年四月。""中天制作于北京。"摩挲书卷，怀想前贤，超凡脱俗、美轮美奂便是此时此刻的感受。黄文中《西湖杂咏》诗曰："浙西大好湖山在，一个山头住一年。"这是怎样的境界？

2014年5月22日傍晚写出，23日改定

后黄国梅老人以著作相赠，此文即左券也

# 南行百年说艾芜

    2004 年，艾芜诞辰一百周年的时候，一个成都的年轻人，在网络上说：回首一瞬间，南行已百年。母亲常提起你，家中至今珍藏着一本你的《南行记》。该叫你表爷爷吧。1992 年，我才六七岁，没看到过你很遗憾。有桂湖清风杨柳，碧湖荷花做伴。想必安然。

    艾芜离开一年后，也就是 1993 年 12 月，人们在成都新都区桂湖公园中的饮马河畔为他建墓。艾芜墓由红砂巨石垒成，上端矗立着他的半身青铜塑像。身后的碑文记载着他的生平，胸前的碑面上是好友巴金手书的"艾芜之墓"。墓前正方形的大理石，上部刻着艾芜《南行记》里的话："人应像一条河一样，流着，流着，不住地向前流着；像河一样，歌着，唱着，欢乐着，勇敢地走在这条坎坷不平、充满荆棘的路上。"下部嵌着一束铜质山茶花。《南行记》、大理石、山茶花，寄寓着这位南行作家、流浪文豪不平凡的一生。

    从故乡到天涯，从国内到国外，人们怀念着艾芜。

    艾芜诞辰一百周年过去，又十年了。十年来，又有许多年轻人，在搜寻《南行记》，读着艾芜，品味着人生开始的滋味。

如此这般，一代代的年轻人，读着艾芜，渐渐，长成大人。

十年一梦，回望来时路，艰辛未必减少，可是艾芜他们当时所创造的作品，还是我们精神世界里值得珍视的发光源。

还在八十年代，大学念书的时候，《南行记》及其续编，艾芜沙汀，随着文学史课程的进程，进入了我的精神世界。再往后些，电影《南行记》出来了，迷人旖旎的南亚风情，和着流浪生活的艰难和挣扎，慰藉着改革开放初期的人们。那时候，艾芜还在，他在天府之国的蜀中，还创造着英雄晚照的作品。

艾芜和沙汀是同一年出生的人。1992年11月，已经双目失明的沙汀刚出医院回到家中，还在住院的艾芜便来到沙汀家看望老友。虽然沙汀耳朵不是很好，但听说艾芜来了，他还是反应很快地站起身摸着走向门口，抓住艾芜的手整整两个多小时没有松开。1992年12月5日，艾芜去世，家人瞒着沙汀不敢告诉他。几天后，他们在外界的要求下小心翼翼地告诉了沙汀，他悲痛欲绝，连呼："道耕（艾芜）太苦了！"1992年12月14日，沙汀也跟着艾芜去了。

他们的相遇，是一个奇迹。他们曾经是师范时代的同窗好友。1931年在上海的再次相遇，是两位作家人生中最重要的事件。在生活和创作上遇到困难的时候，他们给鲁迅先生写了信，鲁迅先生给他们回了信，从此，他们走上了文学创作的坦途。他们以风格独特的作品彪炳文坛，留下了不朽的篇章，以诚恳、勤奋，矢志不渝献身于文明的一生，成为了文人相亲、文人相敬、文人相补、文人相助的典范。他们同年而生，同窗而学，他们在鲁迅这里汇合，加入了"左联"，被鲁迅先生嘉许为"最优秀的左翼作家"。他们一同经受了风雨的考验，又一同开始了壮心不已的暮年，直到几乎同时辞别辉煌的人生。他们用纯洁、深厚而具有传奇色彩的友谊，成就了现代文坛的佳话。

再后来，巴金成了艾芜一生的朋友。艾芜去世，在老家清流镇安息，巴金为好友艾芜题写了墓碑。

一生一死，交情乃见。引路人是鲁迅，有朋友是沙汀，写碑的是巴金，艾芜回眸，自当笑慰平生。

艾芜一生中，南行了三次。这对于艾芜的写作乃至一生，都意义重大。南行，是艾芜一生最主要的线索，是艾芜写作的一个原点，他一次次地回到这里。三次南行，在时间的分布上，贯穿了中国20世纪的历史，典型地散布在三个重要的时间点上：一个是20世纪上半叶的1925—1927年，一个是20世纪中叶的1961—1962年，最后一个是世纪末，20世纪最后二十年的开始，即

1981年。第一次南行后，艾芜通过《南行记》等作品对西南边陲少数民族和下层汉人的刻画，丰富了中国现代文学的人物画廊。艾芜在第二次南行之后不久，尽管有《百炼成钢》等创作，但事实上就已经丧失了写作的权利，不幸的经历使他如惊弓之鸟，稍有风吹草动，他就得赶紧丢下自己的笔杆。第三次南行写出的不少篇幅，甚至都不再是小说，只能说是通讯特写、报道了。蜀山青，人已老。

1925年的暑期，四川省立第一师范学校肄业生汤道耕，踏上了成都望江楼下有些摇晃的木船，沿着府南河顺水而下，悄悄走出了亲人们的视线，开始了三十年背井离乡的生活。

离开成都的时候，艾芜的全部家当只有怀里揣着的一双草鞋。《南行记》里详细地记录了这事：

> 我由成都到昆明，这一个多月的山路，全凭两只赤裸裸的脚板走。因为着布鞋，鞋容易烂，经济上划算不来。着草鞋，倒是便宜，但会磨烂脚皮，走路更痛得难忍。因此，由昭通买好的一双草鞋，就躲在我包袱里，跟我走了一两千里的路。这在当时是可以带也可以丢弃的东西，料不到如今会成了我的一份不小的财产。拿到十字街头去拍卖吧，马上心里快活起来了。

草鞋塞在裤裆里，满有生气地、又像做贼一般梭出店外。在街灯照不到的地方，看看两头没有警察的影子，便忙从裤裆里取了出来。摆出做生意人的正经嘴脸，把货拿到灯光灿烂的街上，去找主顾。(《人生哲学第一课》)

那双草鞋，后来卖出去，救了挨着饿的青年艾芜。从此，他开始了长达六年的漂泊。有了这些漂泊，也就有了后来的不朽篇章。

在中国，专门的哲学家往往建树极小，有建树的哲学家思想家，往往是文学家。文学作品，往往也是哲学作品。鲁迅如此，胡适如此，艾芜也是如此。正因为他们的作品里有足够的思想性，这些作品也才会照亮人心，神采奕奕。

汤道耕受胡适"人要爱大我，也要爱小我"主张的影响，取名"爱吾"，后来衍变，发表文字时就署名"艾芜"，这一名字就伴随了他的一生，真名反而鲜为人知了。

艾芜作品的读者，是整个社会的普罗大众。创业者读，可慰杯酒风尘。居家者读，可获卧游之资。出行者当借鉴读，交友者作阅历读。人间般般苦，都到眼前来。本来有小百科之谓，何必做小说看。艾芜被称为流浪文学之父，良有以也。

赤脚流浪，墨水瓶挂在脖子上。笔下是绮丽温柔、苍莽荒凉的异国风情，真挚的情感，将一幕幕人间悲剧，一幅幅悲苦的人生画卷展现在读者的面前，鲜明的流浪汉形象，浪漫而狂野的气息，深深地吸引着读者。"那些在生活重压下强烈求生的欲望的朦胧反抗的行动"，少年意气当拿云，在蜕变中对人世冷暖进行审读的《南行记》，魅力持续了一个世纪，沉淀，发酵，由浓烈张扬的激情渐渐化为内敛的淡然与随性，让不同时代的读者都可以去感受，品读漂泊者的恣意与悲欢。

顽强抗争，自强不息，是艾芜在南行中的精神支柱，也是《南行记》和艾芜其他作品的主旋律。《人生哲学的一课》里，失业和饥饿使他懂得了"处世需要奋斗的意义"，在饿得头昏脑涨、气息奄奄时，他的内心仍然燃烧着一个念头："我要活下去，……至少我得坚持到明天，看见鲜明的太阳，晴美的秋空。"奋斗才有出路。《南行记》独有一种催人奋起，促人向上的精神力量。社会的黑暗，人生的苦难，都不足以吞噬流浪中艾芜的信心和勇气，他要冲破黑暗，寻找幸福。他把对假、恶、丑的揭露和对真、善、美的追求完美地结合起来，升华成了艺术篇章。启迪人、感染人、鼓舞人，是艾芜作品送给这个世界的最好礼品。作家高缨说得好："每读艾老的作品，总觉得字里行间有一团炽热的火，有蕴在纸底的深沉的力；这火，燃烧着读者的心；

这力，吸引着读者去看人生，看社会，看过去和未来。"（高缨《在美好的边疆大地上》，《边疆文艺》1981）

今天，社会物质已极大丰富了，一双草鞋流浪南亚的事是不可想象了，但流浪者所深具的孤寂，并未远离人心。

艾芜是具有世界影响作家。在他留下的五百多万字的作品中，《南行记》《南行记续篇》《南国之夜》《富饶的原野》《故乡》等已经成为脍炙人口的传世之作，不仅载入中国文学史册，还被翻译成日、俄、英、德、朝、匈、波等多种文字传播海外。据龚明德先生《艾芜遗物被日本朋友保存十年又璧还》一文所述，1995年，艾芜的家属在整理艾芜的手稿和藏书等遗物时发现，不少图书刊物和纸质印品和手稿包括不少同代文化名人写来的书信原件都毁损不轻，他们在中国大陆地区没有找到一家相宜的公家图书馆来收藏艾芜的这些无价之宝的纸质遗物。"主动联系的几家，都婉言拒绝收藏。也就是说，连送都送不出去。后来，经一位研究艾芜文学的日本朋友杉本雅子的帮助，日本大阪帝塚山学院大学同意无偿代为保管艾芜的手稿和藏书。现代化的帝塚山学院大学图书馆花了两年人工，耗资一百多万元人民币，对艾老的手稿和藏书进行了详细的分类整理，精心保管。十年间，藏品保存有致、一尘不染，没有丢失一件藏品。"日本大阪帝塚山学院大学加纳武校长说："艾芜先生闻名于世，他的文学成就永载史册。这十年，我们能把他的手稿和藏书保管下来，现在又让它荣归故里，对我们来说是一件非常荣幸的事，也是我们对人类文化事业的一份贡献。"2005年秋，日本朋友把这份宝贵的艾芜遗存完好地交给了中国现代文学馆。

经眼的《艾芜传》有三种：《艾芜传　流浪文豪》廉正祥著，北岳文艺出版社，1992年版。《艾芜传　流浪文豪之谜》张效民著，四川民族出版社，1997年版。《艾芜传》王毅著，北京十月文艺出版社，2005年版。据说，王毅的书还有画传，惜未见到。

2013年9月30日上午

# 想起韩映山

## 作品和人品

在纪念孙犁诞辰一百周年的时候，想到韩映山，是很自然的。韩映山《孙犁的作品和人品》出版，是孙门大事。孙犁的书，给人们留下了美好的印象。但更多的人真正了解孙犁，还要看韩映山的这本书。

那个时候，一个人直接写孙犁，又写了这么多的，几乎没有。一辈子相师，一辈子学，一辈子写，为老师在人间留驻这么好的身影神情，这样的人，也似乎不多见。

在传说的孙犁四大弟子中，韩映山是唯一为老师专门写了书的人。即便是在孙犁离开后十多年的今天看来，《孙犁的作品和人品》这本书，也依然显得光芒四射，美丽动人。那是因为，韩映山写出了一个有血有肉，栩栩如生的孙犁。韩映山说过："趁着孙犁健在的时候，记下有关他的一些事迹，并能让他过目审视，以免出现谬误和虚造之嫌。"当孙犁知道韩映山要写他的时候，就立即写信，诚恳地提出了"最有用的建议"：把性格上的缺点也写进去。后来，在报纸上见到韩写孙犁的《修书》，又来信说"写得很好，有些真实感。写这种文章，最怕添油加醋，也怕只讲道理。主要应写被记人的言与行，而且最好是多记些无关紧要的小事，从中表现出他的为人做事的个性来。例如你记的，我要为你修书的一段就很好，很有风趣。"好一个"多记些无关紧要的小事"，这简直就是写人写事的金科玉律。在这样的真经指引下，韩映山笔下写出的孙犁，就入情入理，可传可讽了。

韩映山和孙犁的友谊开始于 1952 年。那时，韩映山还是保定一中的二年级学生，是十七岁的青年，因为爱好写作，有了满意的文字后寄往《天津日报》的"文艺周刊"，负责副刊版面的责编正是孙犁。孙犁在来稿中发现了一篇题为《鸭子》的小说，作者署名韩映山。一年后，孙犁下乡路过保定，省文联主任远千里邀请他顺便在红星剧场讲学。做完报告，同学们伸着小本让孙犁签名，孙犁问大家是哪个学校的，听说了保定二中后，他就问韩映山来了吗？一中的学生把韩映山推到了孙犁的面前，他们握了手。接下来，就有了两人与生命相始终的通信来往，韩映山成了孙犁一生中写信最多的人。孙犁写给韩映山写的信约有二三百封，经过"文化大革命"浩劫，现存的还有一百五十一封，被映山哲嗣韩大星珍藏着。韩映山在《孙犁的作品和人品》后记里说："从我青少年时期，从我爱好文学开始，是孙犁同志把我引上文学之途的，这是我没齿难忘的。尤其在六十年代初，我贫病交加之际，他的生活寂寞之时，我们的交往是频繁的，从中我是受益匪浅的。我敬慕他的才华，更敬慕他的为人和品格。"据韩大星说，现在看这些信的时候，"还记得当年父亲展开信件时照例要念给母亲听的情形，听母亲说，父亲可以背诵好多孙老信的内容。心之所系，情因文存。一整天里父亲心情会很好，也顾不上和我们几个兄妹发脾气了。"孙犁和韩映山两人相差二十岁，漫漫人生里，或见面，或通信，商榷讨论，在孙犁，是奖掖后进，在韩映山，是师从文宗，创作发展。他们一同经历了文学与生活的欢乐与苦楚、沉醉与拯救。在当代中国，这师徒二人相得益彰，在他们的努力中，荷花淀派成为了清雅非凡、罕见其匹的文坛奇葩。

人文版《孙犁全集》中，收入了韩映山长子韩大星给参与编辑的段华提供的过去一直没有公开发表的1993年11月23日孙犁致韩映山长信，信中讲了孙犁晚年因一封信惹来麻烦的事情。麻烦发生了，反击的文章一篇篇映眼而来，一向冷静的孙犁忍无可忍一忍再忍，终于忍不住了，从1994年8月15日开始，到9月20日结束，连续写了八篇文章，对那位作家进行了反击。这在他一生中是第一次，也是仅有的一次。读了孙犁给韩映山信后，人们会知道，孙犁实在是忍不下去了：虽然称为写，实际就是把他读到对手文章时随手记下的感想连缀成篇而已。据段华《孙犁晚年的一场论战》所述，那次论争难说对与错，只是双方对对方的理解有偏差罢了，但对孙犁先生而言，似乎受伤害的程度更大一些，对他晚年日常的生活和写作影响更消极一些。晚年的孙犁每一个阶段写文章都对题材、体裁有侧重点，而他写杂文却以论战作收笔，不能不让人觉得扼腕和叹惜。

在孙犁来信的鼓励中，韩映山优秀作品《水乡散记》《紫苇集》《绿荷集》《串枝红》《满淀荷花香》《明境塘》等井喷而出，蔚为大观，这是关于荷花淀的文学记，其作者必然会成为"荷花淀"文学流派的中坚作家。孙韩之间的通信，是当代文化史上的重要资料。大星为这些信的保存和出版用尽了心思。最近，他告诉我说，孙犁写给韩映山的信收入了新版的文集，这是一个好消息。

说孙犁的人品和作品，离开了韩映山说不好。读韩映山的书，会见得到韩映山义薄云天、真诚质朴的人品。而这些，与孙犁及其作品对韩映山的影响又分不开。

# 我读韩映山

在孙犁逝世十周年的时候，《韩映山文集》五巨册出版了，这才是对孙犁和荷花淀派最好的纪念。书稿已经弄好，等了六年才出版，其中的曲折可以不表，然而却如古老故事中说了的，"一切皆是最好的安排"，要纪念孙犁诞辰一百周年，还有比这意义更大、更为深远的事吗？孙韩二人都归了道山，《韩映山文集》在尘世间如九品莲花盛开，璀璨耀眼，这应该是孙犁最喜欢看见的。天上的师弟二人，也该会举杯相庆。题外说一句，百花版《孙犁文集》，也在今年出了新版。有了《孙犁文集》的朋友，没有《韩映山文集》，感觉起来，是有些煞风景呢。

抽一个半天，天或阴或晴都行，沏一盏友人手摘的碧螺春明前茶。打开《韩映山文集》，真是好享受。韩映山谈孙犁的作品和人品，孙犁谈做人和作文，点点滴滴，如春风化雨，润入心田。

1994年3月23日，孙犁在天津日报上发表了《读画论记》，有八千字。这是病后头一个长篇。文中有针对性地说："人要自趋下流，别人是挽救不了的，艺术家亦然。有些人是'作法自毙'，也不值得同情。"那年4月份，看到文章，在惊喜中的韩映山问老师，洋洋八千字，你写了多长时间？孙犁答，写了一个星期。韩映山又问，看没看一本畅销的关于性问题的书？这一问，引发了孙犁关于当时评论不正常，原本不错的青年作家变坏的议论。孙犁玩笑地说，映山一直没变，是不是因为老也不红？红了以后，没准也会变的。韩映山把老师的话奉为圭臬，专门写了一篇文章，题目就叫《红与变》。韩映山警示自己，要经得住清苦和寂寞，经得住污蔑和凌辱，冷也能安得，热也能安得，风里也来得，雨里也去得。

二十年过去了，没有变的韩映山留下的书，是这个世界上最值得留驻的文字之一，值得我们深味。

韩映山在《找着自己的路》里说，他的写作，是在孙犁的影响下找着了正路的。他说，看了孙犁"在《天津日报》文艺周刊上发表的《风云初记》，以及他的文学短论，我才如大梦初醒"。就这样，韩映山找着了自己的写作之路，之前，他回忆学生时代见过孙犁后，"写作的路，就这样开始了"。现在，他说这是"一条光明健康的路，一条切实可行的路"。在这条路上，他用自己坚实的脚步，留下了数百万字的精品。后来的写作者，从中汲取到经验和力量，当感念前辈度人的金针和苦心。

孙犁给韩映山的四本书题写了书名。从1978年到1986年间，只要印书，韩映山都要请孙犁写书名。在韩映山，是尊崇老师，以老师的字为书添光彩，在孙犁，是对韩映山有求必应，喜欢韩映山的文字，是对映山的鼓励。《紫苇集》的书名孙犁题写了两次，一次出版社给丢了，只好请孙犁再写，很快，孙犁就写来了。这种情分放在现在看，也是不可想象的。

今天看来，韩映山的这些作品，本身也已经成了典范。一部《韩映山文集》，就是一所文学院。关于写作和做人的十八般武器，在这里是应有尽有，琳琅满目。有心的人，会从中找到自己所需的养分。《韩映山文集》里有多篇谈苦修苦练的文字。其中说要多读精读，说在学习的道路上要勤奋，说写作要写生活，要平易，是过来人的切实之言，值得深味的。


## 韩映山和家人

韩映山在他的作品里，刻写了许多人，有的是真实的，有的是虚构的。虚构的人物在小说里，真实的人物在生活里。生活里的人物，比如王国藩，比如公社里的人，工作的内容多，看过了也就看过了。看过了不能忘记的，是他写到了的家人。

还在 1993 年，他从保定文联主席位子上退下来的时候，就计划写一部回忆他母亲的长篇，他撰写了这部回忆录的提纲和部分文稿。由于他的突然离开，这部回忆录留下了一个很大的遗憾。据韩映山在《母亲的回忆》里说："母亲姓苑，乳名叫敏，因为她长得秀美，人们就把敏叫成了美。她是我外祖母的最小的女儿。"媒人三妗子把"她介绍了北街一位姓韩的人家。祖上做过提督一类的四品官，眼下虽然败落了，但也算是书香门第，尚有点家底儿，吃着点房租，家境也还可以。""母亲一连生过八个女孩，只活了三个。到四十五岁时，母亲才把我生下来。母亲痛苦地笑了，感到很光彩，似乎给她争了气。三位姐姐，长得都十分俊秀。大姐小名叫庆，学名叫蓉媛；二姐姐小名叫钟，学名叫惠莹；三姐小名叫得弟，学名叫惠兰。"韩映山姊妹是母亲拉扯大的。由于战乱，韩映山的母亲带着婆婆和映山姊妹投奔了他的外祖父。乡下的舅舅们"让"出几亩地给他们耕种。找好中人，把地正式买下来后，他们瞒过了韩映山的父亲，"因为他如果知道是花钱买的，一旦他玩钱输了，就会把地再卖了。地产文书上，是署的我的名字。母亲把文书藏起来，一直没敢让父亲知道。为了全家的生计，母亲操碎了心！""年龄大点了，我就学种地，耕耧锄耪，练筋骨，长知识，增才干，与土地结下了深厚情意，汗水浇灌着土地，土地哺育着我的成长！使我的幼小心灵上留下了深深烙印：盘中餐，来之不易；农民辛勤朴实的品质，是多么可贵！这一切都感谢我的母亲，她不仅给了我生命，还给我创造了这样一个锻炼人的环境。"

《母亲的回忆》之外，韩映山还在他的著作里多次写到母亲。

初中毕业后的第二年，他的母亲患了半身不遂，那些日子里的韩映山，是愁困的。除了干田里的活，还要承担一些家务。为了让母亲欢心，韩映山给母亲读《红楼梦》和《风云初记》。母亲说，《红楼梦》里的人，说话说得咋怎么好，和我们说的一样么。母亲和儿子一样，也喜欢孙犁的作品。见孙犁以前，韩映山已经读过了孙犁的那时能有的全部作品，说给母亲听过后，母亲觉得这些书写得合情入理，很真实很贴切。那一段日子韩映山写作的情绪很低落。人生困顿中的韩映山，把侍奉母亲和读书结合起来，在文学中找到了慰藉，没有沉沦下去。1956年夏季，韩母去世。最喜欢韩映山也最喜欢听他说书给他鼓励最大的母亲走了。不过，韩映山的文学之路已经越来越宽了，他调到了河北省文联的《蜜蜂》月刊当小说编辑。他和孙犁的空间距离更近了。

在韩映山留下的文字中，《妻子的故事》很特别。他以"爱心"为题写妻子的时候，妻子嘟囔着嘴说："你敢写！"但他还是写了。妻子的乳名叫小兰（本名曹凯瑞），为了一个承诺，她替离开人世的堂姐拉扯着两个孩子。蜚短流长，"为了好事，竟招来了这么多的烦恼。"哭过了，吵过了，后来成为丈夫的韩映山也开解过了，曹小兰成了书里的人。关于妻子的第二章题为"养鸡"。乐由鸡生，祸因鸡起，福也还是鸡造。养鸡送鸡，人间烟火气味十足。不同寻常人家的，是韩家没人敢宰鸡，只好把鸡送人。但世上没有白费的神情。功不唐捐，他们是投之以公鸡母鸡，人家报之以大米大葱和葵花籽儿，要知道，那年月，这些都还是好东西。后来的楼房，也是因在莲池院里养鸡而被领导看见，以为不雅，要让作家搬家所得。鸡之贡献，不可谓小。第三章是说妻子的书法。"她每天写一至二篇，笔画儿也有了劲儿，有客人来，便赞她，越写越好。有时我也和她研讨书法，有如写作，应先向名家学习，要博采众家之长，慢慢方可写出自己的笔体；不能一开始就任意为之，大谈'违师背典'，自诩'创新'云云。艺术，总是要先继承，后创新，此乃规律也。她点头称是。前些天，大小子大星，送她一枚篆刻。她写了字，在下面揿盖上一枚红红的图章，倒挺像回子事儿。"映山对妻子的欣赏依赖之情，跃然纸上。映山哲嗣大星，于《三秋堂铭》中颂其母云："家慈曹氏，竭虑殚精。持家劳苦，慧质宽荣。相夫教子，厚泽丰功。"

在《孙犁的作品和人品》里，有专门一节，题为《关于篆刻》。以鲁迅为师的孙犁，是艺术通家。但孙犁关于篆刻的见解，却是通过韩映山的交往和通信保留下来的。就孙犁研究而言，这是填补空白的。这其中的一个关键人物，是韩大星。据大星说，自己当初学刻印时，父亲极力反对，后来却态度大变，仿佛来了个百八十度的大转弯。父亲转变的态度，就是帮他到处搜罗资料，并给孙犁写信求书，时间约在1975年。当时为留个纪念，他剪下有字的信皮，夹在了书中，最近家里装修，才又翻出这孙犁送给大星的两本印谱，也发现了犁信手迹，可谓弥足珍贵。

没有韩大星的喜欢篆刻，也许就没了孙犁关于篆刻理论的论述。

舐犊情深，韩映山很喜欢大星。父子连心，大星在父亲身后，于侍奉好母亲外，也做了别人不能替代的事。他独自整理了父亲所有作品，出版了《韩映山文集》。这不仅是替父扬名的大孝，更是为当代中国文化添光彩公功德无量的善举。大星复请名家写碑阳碑阴，墓碑文曰：

　　公讳映山。一九三三年五月生于高阳。一九九八年五月逝世于保定。享年六十有六。

　　公生而颖异。于文学似有宿悟。负笈保定一中时。即心仪孙犁先生文风。后得亲炙。不辱师门。著作等身。卓然名家。为"荷花淀派"之中坚。当代文学史宜有其一席之地也。公文尚清质。事细而旨沉。言淡而意远。有春芽破土。夏荷出淤之致。

刺而不伤。乐而不淫。于三百篇之旨别有心会。世事民心盖有深慨焉。尤其商潮波荡中。恪记作家之责。心静如水。不作媚时附势之笔。葆其本色。当世之文士中有文骨者也。公德韶量雅。性谦和仁厚。奖掖后学。以为己任。蔼蔼然有长者之风。古人云：人生有三不朽。公于立德。立言。可谓得之矣。公之德。口碑在焉。公之文。固知将随日月而益新也。德配曹氏。淑朴贤惠。妇宜修备。公之成就。得其助多矣。

　　靖江熊任望书阳　　清苑刘德彪撰书　　满城汪双喜刻


　　如孙犁悬记，韩大星已是当世篆刻名家，且精于翰墨，深谙撰述、书法三昧，名满天下。大星有女，亦承家风，大星自豪地说："爱女韩阳，陶陶凤城。醉心彤管，绿竹倚风。"映山公泉下有知，当回眸笑慰矣。


　　　　　　　　　　2013 年 4 月 29 日晚间写定

# 孙犁印谱及其他

　　新出的百花版《孙犁文集》(补订版)，收入了孙犁致韩映山的一百六十一通信札，这是极难得的事。这些信由韩映山哲嗣韩大星整理面世，曾经历了一段不应有的曲折。孙犁论述篆刻的文字，多在写给韩映山的信札里。韩映山《孙犁的作品和人品》一书中，有专文做过介绍。

　　补订版《孙犁文集》广告语云：孙犁先生与百花文艺出版社的不解情缘，经由两代作家、三代编辑，历时四十余年赓续至今。书上各卷封面封底上都使用了韩大星早年为孙犁先生所刻的"耕堂文字"篆刻。大雅风神，既为孙公所宝爱，也为后世所珍赏。大星弟韩金星亦幼习美术、痴爱摄影者，那张孙犁在书房里伏案写作的照片，是孙犁生前最喜爱的，照片后来在各种杂志报刊上多次被选用，郭志刚《孙犁传》封面和新近出版的《百年孙犁》封面，也都选用了，这张照片是韩金星拍的。人生一世，有此佳作，也是艺术上的重大成就。成为经典，流芳百世的作品诞生不易，韩大星说："舍弟也是碰上了。"孙犁病中，韩映山孙女还专门为孙爷爷写了篆书大字"寿"和扇面行书"气贯长虹"，以怡长者心颜。韩门三代，亦孙犁之功臣，文化之津梁也。

韩大星自幼喜欢刻印章。他搜罗了许多石头，在保定莲池的九平方米、潮湿而又低矮的小南屋里，磨石刻印，孜孜不倦，坚持不懈，如痴如迷，刻苦钻研。数年之后，业绩卓异。他又广泛求师拜友，不久，经启蒙老师韩羽先生的介绍，得到了名家李骆公的指教；又跟书画家张寅、王晓初联系请教，受益颇深。他也愿意给别人效劳刻印，搭了石头，白尽义务，毫无怨言。远近求索刻印者，逐日增多。这样，他也就有了名声。小屋，冬冷夏热。他白天上工，夜晚操刀刻石，不顾流汗冻手，嘎嘎刻刀声和沙沙磨石声伴着他的劳作。韩羽老师给他的小屋命名曰"石屑斋"，并易苏东坡"我磨墨，墨磨我"字而为题大星写"我磨石，石磨我"墨宝，落款："大星撰韩羽书"。贴在破壁上，自我欣赏。

一次，映山公去津看望孙犁，把大星预先给他刻成的两枚印章带去。孙犁看见了，非常高兴，接在手里，把玩良久。他说："在延安时，我也喜欢刻这个，但刻不好。"他摩挲着那石料又说："这石头太硬，刻着一定很费劲。等我找点石头给他。以前，我还刻过木头的，也不易刻好。"

和韩映山在一起，孙犁谈了一些关于篆刻的知识。

他说要给大星写封信。

韩映山的记述说，看得出来，孙犁对篆刻艺术，兴趣非常浓厚。过了一会儿，孙犁重又戴上花镜，仔细地观看那印章，说："自然，初学乍练，刻成这样，就不易了。但严格要求，差距还是不小的，有的刀痕，还嫌幼稚。一定要告诉他多多练习写字。书法和篆刻是相辅相成的。要向名家学习，这跟写作一样，要取法乎上。"

此后，孙犁在给韩映山写信时，不断顺便谈谈有关篆刻的事儿。韩映山从孙犁的来信里摘录了下面的文字：

……小孩喜欢绘画、刻印，很好，以业余练习绘画为主，兼学刻印、书法。随时留意，随时请教，目前学习，也只能如此。

大星寄赠图章，我很喜爱，他在这方面，很有前途。近整理旧书，得到一部陈师曾印谱，准备有便人给他捎去。因书系线装，很娇气，邮寄不便。

收到大星的信及印章，甚为感谢。大星治印，进步很快，慢慢将成名家。但戒骄戒躁，精益求精，多浏览名家印谱后从正途逐步创新。日常写字，可用毛笔，以便习字。我对此，全外行，我觉模汉印的数方都很好，先不急于别开途径。

附上写的字一幅。近来，求写字的人多了，我也很奇怪，上海也来求，并说我的字好，这真是见鬼了。不过，我也有求必应，自赔纸张，字幅不大，盖上三颗大印，都是大星给刻的。"耕堂居"，意义有些重复，因为堂就居了。大星对这些不大讲求，我觉得也没关系。他如有时间，还可以给我刻一颗三个字："澹定室"或是"幻华室"，不忙，他高兴时刻就可以了。

今日捎来大星惠刻印章两枚，都很好。玉石质坚，刻起来很费力，但使人喜爱，今晚无事，我把玩了很久。年纪大了，一切都无兴趣，唯独喜欢这些小玩意儿，实在没办法。请转致我对他的谢意。篆刻事，与文艺同，要有名师，也要兼采众长，要有变化，不能拘泥。要师古人，也要通古今之变，不能墨守成规。但初学一定要严格地研究古体，不能任意为之。

我曾对韩大星说过他是得孙犁授记的艺术大家，得此法乳，三生有幸的话。孙犁"盖上三颗大印，都是大星给刻的"一语，说明了他喜欢大星篆刻的程度。

韩映山说：尽管孙犁同志一再自谦地说，他对篆刻，是个外行，可是，读了他这些信中的话语，"内行人"都认为，这些话是很内行的。孙犁同志性格内向，一向"才不外露"，也从不在文章中卖弄知识。要不是大星给他刻印，我一点也不知道他对印石还有如此深切的体会和见解。不久，他托一位女孩子给大星捎来了那部陈师曾的印谱。蓝布套，线装。书籍保存得格外整洁，好像新的一样。

呵呵，亦数代交情、历六十余年"赓续至今"了。在新出的《孙犁文集》(补订版)里，我还看见了孙犁写给韩大星的两封信。其中之一说：

大星同志：六月十九日来信及附寄各件，均收到，甚为感谢！你的篆刻已经进入钟鼎甲骨领域，进步很大。但我以为篆刻文字，仍以汉印，即汉隶为主，因其既有古意，亦易认识。古文字自有其情趣，然非一般人所能辨认。

你立意为我刻制印谱，我当然高兴并感谢，但这一工程，既费力，又费料，望你慎重考虑，并从容为之，不要过劳为盼。

那应该是九十年代初期的事。

后来，这印谱是刻成了的。据大星说，20世纪90年代初，他为孙犁刻印一百余方，包括孙犁原名、曾用名、现用名、笔名及作品结集名，颇想得到名家贾平凹赏赐的序文。经人介绍，大星给贾平凹刻了十二方印章。贾平凹给大星写了一封信，信里说："您的刻石非常好，内容好，刀功好，可见您的想象力是超群的。在我十多年来，许多人给我治过印，数目不下四十枚，但我却喜欢您的作品。（虽然我对此门艺术不懂）我平日酷爱石头，我感觉石头有灵性，质感极合心境，我又爱您的刀法，拙茂有味，我将珍贵这批宝贝。"但后来，却一直没有收到贾平凹写的序。大星怀疑有人在背后捣鬼，也许贾平凹根本就没见过自己要求他为孙犁印谱写序的请求，此事就没了下文。再后来，大星又找到河北省一位老作家，这是从前和他家住过邻居，印象里，他很欣赏大星。把印稿交给老作家的时候，他是满口答应的。半年之后，老作家打电话给韩大星，让去他家一趟。见面落座，老作家盛气凌人，首先就是一顿数落，说大星的刻印风格他很不喜欢，又把孙犁关于对美好事物看法的某篇文章特抄与大星。对大星的篆刻，孙犁的评价已见上文，这老作家大唱反调，动机缘何，不大好揣摩。面对嘲讽，大星嘴上而也没有辩解，但心里是不以为然的。请老作家写序的事也就泡汤了。大星说："现在我已经变得心灰意懒了，不想再在此事上下功夫，因为，二十年前的作品，现在看来还有诸多缺憾，还要再修改，这是一项巨大的且费力不讨好的工程，罢了罢了。"

打心底里说，我还是希望大星把这部孙犁印谱整好，以飨同好。我手头有巴金故居周立民兄寄赠的一部《巴金印谱》，还有朋友给的一部《奥运印谱》，感觉都很好，颇耐把玩。我曾在一篇文章中说过，释迦三藏十二部经典，世尊有承问而说者，有无问而自说者，问与不问，都是佛祖慈悲心怀的流布：世间这就有了普度众生的宝筏，惠及人间多矣。你韩大星也有功德无量的一部篆刻，这一部篆刻，引得孙犁先生金口玉言，妙笔生花，留下了关于篆刻艺术的诸多观照。甘露洒出，润泽苍生无数。后来者随缘会心，受益处也应无穷。大星兄好人好事做到底，为孙犁，为艺术，为人生，奉献出这部印谱，不亦宜乎！


2013 年 6 月 22 日上午写出。十天前母亲脑出血住院，
菩萨保佑，脱离危险后于侍疾中抽空读写，获此文字，

以为安心之处

# 金石璀璨万年春

"方寸之间，气象万千"。篆刻乃中华艺术精粹，传统瑰宝。渊源既久，综合亦多。旁通书画，兼涉金石材质气韵，与夫镌刻技艺，更蕴含人品性格并文学修养，魅力无穷。近日读书，熏染印学，信手录出札记，以存忆念。

## 《四库全书》中的印学书

《四库全书》"艺术类"篆刻之属，收书二部，共九卷，即《学古编》和《印典》，皆文渊阁著录，可见稀有。纪昀谓："扬雄称雕虫篆刻，壮夫不为。故钟繇、李邕之属，或自镌碑，而无一自制印者，亦无鉴别其工拙者。汉印字画，往往讹异，盖由工匠所作，不解六书，或效为之，斯好古之过也。自王俅《啸堂集古录》始稍收古印，自晁克一《印格》始集古印为谱，自吾邱衍《学古编》始详论印之体例，遂为赏鉴家之一种。文彭、何震以后，法益密，巧益生焉。然《印谱》一经，传写必失其真，今所录者惟诸家品题之书耳。"

元代的吾邱衍所撰《学古编》一卷，是专为篆刻印章而写的，该书首列三十五举，详论书体正变及篆写摹刻之法。次合用文籍品目，一小篆品，二钟鼎品，三古文品，四碑刻品，五器品，六辨谬品，七隶书品，八字源，九辨源，凡四十六条。又以洗印法、印油法附于后。纪晓岚说："摹刻私印，虽称小技，而非精于六书之法者，必不能工。宋代若晁克一、王俅、颜叔夏、姜夔、王厚之，各有谱录，衍因复踵而为之，其间辩论讹谬，徐官《印史》谓其多采他家之说，而附以己意，剖析颇精。所列小学诸书，各为评断，亦殊有考核。"《学古编》被许为印学领域里最早出现的一部经典著作，对后来的篆刻发展，有上承秦、汉玺印，下启明、清流派印章的枢纽作用。明何震有《续学古编》二卷。清代桂馥有《续三十五举》，《再续三十五举》，《重定续三十五举》各一卷。姚晏有《再续三十五举》。可见《学古编》影响之大。

清吴县人朱象贤撰《印典》八卷，采录印玺故实及诸家论说，分原始、制度、赉予、流传、故实、综纪、集说、杂录、评论、镌制、器用、诗文十二类。该书虽嫌繁冗，然采摭既富，足备考核。在他之前，尚无古人集印事为书者。四库全书"姑仿《文房四谱》之例，存备一家。"象贤自称北宋朱长文后裔，故《印典》初刻附朱长文《墨池编》后。《墨池编》是朱长文编辑的继唐代张彦远《法书要录》之后又一部重要的书法理论总集，为研究古代书学的重要参考资料。

此外，四库存目中还载录了篆刻书五部二十四卷，即"艺术类"篆刻之属，皆附《存目》。具体为：

明代杭州人来行学刊刻的《宣和集古印史》·八卷。

明代吴县人徐官撰《古今印史》·一卷。

明上海人顾从德撰《印薮》·六卷。

明代松江人何通撰《印史》·五卷。

清代胡正言撰《印存初集》·二卷、《印存玄览》·二卷。

# 周亮工和《印人传》

印学一门必须要说到的还有周亮工。周亮工（1612—1672）是明末清初的著名学者、鉴藏家、印论家。崇祯十三年进士，官潍县知县。以卓异荐举至京师，值李自成之变，逃匿未出。后入清，官至户部右侍郎，终于江南督粮道。曾两次下狱，被劾论死，后遇赦免。周亮工宦游一生，交游极广，博极群书，爱好绘画篆刻，工诗文，著作甚富，有近百种之多，因牢狱之灾，遂放火烧之，仅存《赖古堂集》《书影》《赖古堂印谱》《赖古堂诗文集》《闽小记》《印人传》《读画录》《字触》等十多种，又注重表彰同时代人著作，编选刻印有《赖古堂近代古文选》《尺牍新钞》等。《印人传》三卷，为周亮工生前未完成之书，死后由儿辈结集出版。这是中国历史上第一部记录印人的著作。《四库抽毁书提要稿》云："亮工喜集印章，工于鉴别。所编《赖古堂印谱》，至今为篆刻家模范。是书则谱之题跋，别编为传者也。首载文天祥、海瑞、顾宪成三印，次及其父、其弟、其友许宰，次则文彭以及李颖，凡六十人。附传三人，又不知姓名一人。其有名而无传者又朱简等六十一人。自宋以前，以篆名者不一，以印名者绝无之。元赵孟𫖯、吾丘衍等始稍稍自镌，遂为士大夫之一艺。明文彭、何震而后，专门名家者遂多，而宗派亦复歧出。其源流正变之故，则亮工此传括其大略矣。"傅抱石称周亮工为"中国印学史上最有关系而又最有贡献之人"。

周亮工与明末清初许多篆刻家书画家的交往甚密，嗜印成癖，自云"生平嗜此，不啻南宫爱石"。爱印及人，便有了他为篆刻家立传的行为。有了他的劳动，大量的印学资料保留了下来。《赖古堂书画跋》一书，收有对研究明清书画史有重要参考价值的二十九则文字。关于印章之妙的论述，主要集中在他的《尺牍新钞》中。周亮工在《与济叔论印章》里提出了"印章之妙，原不一趣"的观点："仆常合诸家所论而折衷之，谓斯制之妙，原不一趣。有其全，偏者亦粹；守其正，奇者也醇。故尝略近今而裁伪体，惟以秦汉为师，非以秦汉为金科玉律也，师其变动不拘己耳。"周亮工追求印章篆刻的变化灵动，对历代印人能革新者推崇有加，此亦晚明张扬个性思潮的反映。李贽《焚书·杂说》云："蓄极积久，势不可遏，一旦见景生情，触目兴叹，夺他人之酒杯，浇自己之块垒，诉心中之不平，感数奇于千载。"周亮工以为，印人作品，亦含印人本色胸次。他在《又与济叔论印章》中说："绝去甜俗蹊径，是济叔本色，空夷浩渺，更可见济叔胸次。"只有变，才有生气，有生气则动人，动人则佳。其《答黄济叔》云："世人所以不可传者无他，坐使人无所动耳。"

周亮工著述撤出《四库全书》，《印人传》亦遭抽毁。这是乾隆禁书的结果之一。据乾隆五十二年（1787）八月十一日档，详校官祝堃签出周亮工《读画录》、吴其贞《书画记》内有违碍猥亵之处。猥亵处是因《书画记》中有《春宵秘戏图》，而周亮工《读画录》有违碍处。乾隆五十三年（1788）十月二十日档称：《读画录》因诗内有"人皆汉魏上，花亦义熙余"语涉违碍，经文渊阁详校签出，奏请销毁，并将周亮工所撰各书，一概查毁，此系文渊阁缮进之本，其违碍语句已经原办之总校控改，全书应毁。原来"义熙"是晋安帝的年号，义熙十四年，安帝被大臣刘裕杀害。陶渊明在义熙之后的作品不再用此年号。四库馆臣认为周亮工此处以陶渊明来影射对新朝的不满。周亮工推重陶渊明，有"学陶""陶庵"印，他的好友陈洪绶也曾两次以陶渊明《归去来辞》意所作画卷相赠。《闽小记》是周亮工在福建任上的杂著，共四卷，其中就有关于吴平子、林公兆等莆田印人的记载。此书遭禁，是因书中有怀明诋清处，书中卷四《鼓山茶》即称明为"国朝"等。周亮工最有影响的著作《因树屋书影》是他在任户部侍郎时因案入监狱时追忆生平见闻所作，所叙关于书画、篆刻方面的掌故、佚闻甚多，常为学者所资。

不过，周亮工的书虽有抽毁，实际只是撤出或扣除，陈垣在1936年版的《文献论丛》中刊载的《四库全书中的周亮工》中说："撤出对著录言，扣除对存目言。今故宫此类书缮本既残留多种，可为未毁之证，故此等提要，应名'四库撤出书提要'，或'四库扣除书提要'，较为得实。"

## 文彭：篆刻艺术的开山鼻祖

文彭（1498—1573），明代篆刻家。字寿承，号三桥，姑苏人，书画家文徵明长子。朝廷考试，文彭得明经第一，后来做了南京国子监博士。

文徵明是书画大家。在父亲熏陶下，文彭幼喜治印，他所用牙章，都亲自篆写，象牙很硬，自己刻不动，他就请南京刻工李文莆为他镌刻。李文莆善雕箑边，其所镌花卉，皆玲珑有致，彭以印属之，辄能不失笔意，故其牙章半出李手。此前，篆刻所用材质多为铜、木或象牙等物。

清代毛奇龄见友人高兆作《观石一录》，流传人间，遂自著《观石后录》，记其客福建时所得寿山诸石，一一详其形色，凡四十有九。据《四库总目》考订，"古人印惟铜玉最夥。顾氏《印薮》或间注绿宝石印，亦不知其为何宝石。其以灯光冻石作印，则始于文彭，国朝初已久行于世，不待康熙七年陈自浴始采而鬻之。奇龄第据所见言之耳"。

据说在南京，一天，文彭坐小轿路过西虹桥，看见头驴了驮着两筐石在前面走，一个老汉肩挑两筐石随后。一会儿，那老汉与一商人怒骂起来。文彭上前询问，老汉说："他答应买我的石头，我把石头从江上运到这里，请他再给一些搬运费，可他就是不肯。"文彭仔细看了那些石头后说："你不要和他争了，石头我给你买下，搬运费我加倍给你。"文彭买得四筐石回来，把石锯开，其佳者即青田灯光冻石，稍差者，也是当时的老坑矿石。那时，这种灯光冻石是用来雕刻妇女首饰的，尚不知能刻印章。文彭用冻石自刻印章，发现效果很好，就自篆自刻了。从此，冻石被篆刻家广泛采用，给后来篆刻流派的发展提供了条件。印石文化传承不绝，青田人至今称青田石为"图书石"，称石矿为"图书洞"，称雕石为"刻图书"。

文彭用青田石治印，结束了我国二千多年的铜印时代，篆刻艺术进入了以文士为主体、个性为特征、名家辈出的石章时代。文彭之前，王冕虽发现了用石刻印，但没能流传开来，文彭用石刻印，带来了篆刻艺术的春天。清以后，篆刻艺术出现了万紫千红的局面。

文彭家学渊博，才华出众，诗文、书画、篆刻诸方面都造诣非凡，被后人尊为我国篆刻艺术的开山鼻祖。其治印论印，后人奉为金科玉律。文彭对六书深有研究，与何震主张篆刻必须精通六书，才能入印。其篆刻以秀雅为宗，妍媚清新。其白文追溯汉法，朱文章法疏朗，在宋、元遗意的基础上加以变化，篆法略呈方，显得质朴浑厚。造极处纯用方折结构，受汉印的影响颇深。刻印中讲究六书，篆文不涉怪诞，又能向秦、汉玺印汲取营养，刀情石趣，匀健雅致。他给当时的印坛带来了清新之风。冻石便于镌刻，边款可以由作者自刻。文彭首创边款刻制，他先在石面上书写行楷书，再依字迹用双刀刻成。他所刻的印上边款，汲取碑学之美，风神流动，特色鲜明。

在文彭、何震的倡导和影响下，篆刻之风大起，文人、书法家和画家都参加篆刻创作，苏州一带学习文彭的有陈万言、李流芳、归昌世、顾昕等，后人称他们为吴门派。明人朱简称："自三桥下，无不从斯籀，字字秦汉，猗欤盛哉！"文彭以后，中国印学大大发展，四百年来，风靡环宇。

文彭刻的印在当时流传很多，但没有编成印谱。后世所流传的，伪品极多。万历年间，张灏把所藏印编为《承清馆印谱》，收有文彭刻的白文印十九方，惜这些印章原石，迄今未见。

说起文彭的被伪，纪晓岚在《四库全书总目》里讲了这样一个故事：江苏巡抚采进了无卷数的《蕉窗九录》，旧本题明项元汴撰。项元汴字子京，秀水人。家藏书画之富，甲于天下。赏鉴家所称项墨林者是也。是书首纸录，次墨录，次笔录，次研录，次帖录，次书录，次琴录，次香录。前有文彭序，称大半采自吴文定《鉴古汇编》，间有删润。今考其书，陋略殊甚，彭序亦舛鄙不文。二人皆万万不至此，殆稍知字义之书贾，以二人有博雅名，依托之以炫俗也。

呵呵，一成为祖师，就有被冒名之嫌。尽管后人也说，祖师是万万不至于这样的。说来也巧，今天，北京的友人说，他遇到骗子了，险些上当，吃着大亏。

2013 年 5 月 4 日，假日赋闲，翻书怡情。按检艺事，觉瑰丽者皆出心源，须劳筋骨。窗外牡丹花发，绿树成荫，复念三生有幸，获观典籍名印，庆无量也。

7 日上午修订毕，晨间细雨飘过，花草一新

# 万年写入胸怀间

题记：他选取了十一个亿万年华夏历史中的尖顶人物，为我们地地道道地解说人生。

在两岸三地，曾纪鑫是大家所熟知的名字。他是新时期最早写历史文化大散文的作家之一，他的文化散文作品《千秋家国梦》《拨动历史的转盘》《永远的驿站》《历史的刀锋》《千古大变局》《一个人能走多远》，戏剧作品《人生是条单行道》及《萧何落难》，长篇小说《楚庄纪事》《风流的驼哥》《凶手与警察》《幸福的幽门》《豹子山》《深度游戏》，文化论著《没有终点的涅槃》，长篇纪实文学《中原较量》，个人选集《历史的可能与限度》等，已经成为当代中国文学中独特的风景线。

用著作等身来讲曾纪鑫，尚不足以来说明他的成就。对许多身处逆境的青年来说，曾纪鑫是看以作为榜样来看的。年轻的时候，他住的屋子里阴暗潮湿，即使大白天，也有硕大的老鼠从下水道跑出，窜进屋后走廊"大摇大摆"地"散步"，他花时间与老鼠"周旋"的经历，后来被他写进了中篇小说《老鼠漫话》，《长江日报》以《人鼠之战》为名连载。一个初冬的清晨，曾纪鑫一脸疲惫地坐在书桌前，蜷着身子的他，呵着手，写了一个通宵。散乱的稿纸堆在一旁，厚厚的一大沓。由于心中有梦，再苦再难的日子，他也过得从容不迫，有滋有味。曾纪鑫的写作背后，是万卷书。搬家去厦门的时候，他是用10吨重的集装箱专门运书的。想想看，这样过来了的人，什么样的人生奇迹不能创造出来？

1991年，曾纪鑫的《千秋家国梦》由东方出版中心出版，次年，余秋雨的《文化苦旅》也由该出版社印行，算是同一个书系。《千秋家国梦》是关于湖北地域文化的散文力作，至今尚没有新的描写湖北文化的文学作品能够超越。十四年后，《千秋家国梦》被列入"东方文化大散文原创文库"再版，该文库被誉为中国散文史上突破性的"鸿篇巨制"，以此为标志，曾纪鑫的创作上升到一个全新高度。他那些浸润着荆楚风韵的厚重之作，以《拨动历史的转盘》为代表的历史文化散文类作品，引动了央视和《人民日报》以及台湾地区的出版社。曾纪鑫，已经成为读者心中的一座山峰。

"像市民一样生活，像上帝一样思考"。曾纪鑫超越琐碎，超越平庸，关注社会与人生、历史与未来，将所见所闻、所知所感、所思所想融于笔端，形成了特立独行的人生形态。行走、体验、思索，读书、写书已成为他现在的生活方式。在我们生活的这个时代，文字即是人的思想，也是生活本身。写作，没有人找得到一种为这种能力定价的方法，但每一个拥有它的人都知道，这是一种稀有而珍贵的财富。曾纪鑫用这种财富为自己构筑了一座富丽堂皇的自由王国，那就是他的文化大散文世界：他打通文学、历史与哲学三者之间的关系与通道，在中国文坛独树一帜，成为"中国近年来散文写作最重要的收获"。

名作家胡平评价《历史的刀锋》时说：这部书"融历史的厚重、文学的灵动、哲学的睿智于一体，是中国文坛近年来不可多得的一部纵横捭阖的大气之作"。

在《历史的刀锋》中，曾纪鑫选取了对中国历史深有影响的十一个人物，进行了还原式的深度解析。这些人是古代社会在历史转折关头对中国哲学、思想、政治、经济、军事、文化等方面起过举足轻重作用的人，将他们还原于当时复杂纷纭的历史舞台，置放在人类漫长的历史长河与广阔的历史空间，以西来的启蒙思想为参照，用现代人的全新意识，进行多侧面、全方位的观照与比较、透视与研究、描述与反思，从看似不经意的历史偶然中寻出不可逆转的必然规律，把握历史脉搏与发展线索，勾勒出一幅中国历史发展的斑斓图景，这些，对于现今演进中的中国，无疑具有特别的意义。作者曾说："周文王、吕不韦、秦始皇、刘邦、董仲舒、曹操、拓跋宏、李世民、赵匡胤、朱元璋、吴三桂。在我眼里，他们都是一些被'上帝'选中的'代言人'，那大音稀声、大象无形的上帝正是通过他们拨动了历史的转盘，不仅决定了民族的命运，改变着历史的昨天与今天，还将继续影响中国的前途与未来。"

这是一部雅俗共赏的书：可知历史故事，可悟人生哲学。正衣冠，知兴替，明得失者，宜读此书。长知识，生智慧，老少咸宜，妇孺皆通。这么说或许过了些，然而此书之好，确非一般。我是捧着书一气读完的。

伏羲的故里在天水，我们老家有人祖山，说是他生活过的。成纪有女娲洞，我还写过《春游大地湾》。对始祖，咱有感情。曾纪鑫说伏羲演八卦的地方是河南巩义，这个我不同意但我同意更多他说过的话："第二期巫术由伏羲而立，经过我国历史上第一个父传子承的专制王朝——夏朝，于殷商时代达于鼎盛，其主要形式就是甲骨占卜术。甲为龟甲，骨为牛骨。"说到龟甲，我正好读到了《庄子·外物》上一则白龟的故事：

宋元君半夜梦到有人披头散发，在侧门边窥视，并且说："我来深渊宰路，我被清江之神派往河伯那里去，可是渔夫余且捉住了我。"元君醒来，叫人占卜，卜者说："这是神龟啊。"国君说："有叫余且的渔夫吗？"手下说："有。"国君就让余且来朝见。余且上朝来了，国君就问："你捕到了什么？"余且说："我网住了一只白龟，直径有五尺长。"国君说："把你的龟献上来。"白龟献上之后，国君又想杀它，又想养它，心疑，卜之，卜者说："杀龟用来占卜，吉利。"于是挖去龟肉，用龟甲占卜，七十二次都没有失误。孔子听说后说："神龟能托梦给宋元君，却不能避开渔网。其智巧能占七十二次而无失误，却避不了挖肉的祸患。智有所困，神有所不及也。虽有至知，万人谋之。鱼不畏网而畏鹈鹕。去小知而大知明，去善而自善矣。婴儿生下来不用老师教而能言，与能言者处也。"

和庄子的故事比起来，曾纪鑫的语言要精彩好读些。他说："我们的国粹方块汉字，就这样在一次次占卜的巫术行为中蹦跳而出了。""1899年出土于河南安阳殷墟的甲骨文，是我国迄今为止发现的最早的文字。龟骨裂纹所呈现的兆象千变万化，不会出现一块雷同；而先民们又无事不卜，无所不记，不仅留下了丰富多变的巫术内容，也为后人们研究远古提供了宝贵可靠的资料。龟甲占卜经历了一段极其漫长的时期，那凝聚流传的积累之物，尽管数量、体积之多，令人惊叹不已，但所记内容全都零散琐碎、斑驳繁杂。历史在发展，人类每前进一步，神秘的世界就增加着一分透明。""历史，呼唤着第三期人为巫术的诞生，呼唤着类似于伏羲氏的神祇与英雄横空出世。"

于是，我读到了曾纪鑫力透纸背的文字，为我们民族制造出早熟的智慧之果的周文王和《周易》，玩弄"上帝骰子"的千古奇商吕不韦。礼赞他们，也实际就是在礼赞智慧。但他的礼赞里并没有膜拜，比如他说"我们是该为民族文化的早熟感到庆幸呢，还是感到悲哀？如果换一个角度，是否可以说《周易》是煮了一锅'夹生饭'呢？"他的视角是现代的。

曾纪鑫说吕不韦，以为"他的伟大就在于官居丞相之后所采取的一系列立功与立言之举措。"之前，我没有想过在吕不韦的头上冠以伟大的字样。然而，鞭辟入里的叙述，把那个血和火交织着的画面展开在我们面前的时候，我实实在在地信服了，吕不韦当得起这个词儿。和嬴政相比，吕不韦有一些黯然失色的意味，可是，世界上有哪一个父亲，最大的心愿不是儿子的成功？而恰恰，嬴政便是吕不韦最大成功。"还没有哪个商人像他这样获得过如此巨大的成功。"这还不够，吕不韦，留下了在他那个时代堪称百科全书式的巨著《吕氏春秋》。当今天我们读到"天下非一人之天下也，天下人之天下也"的句子，读到民为先、为重、为本，"安危荣辱之本在于主，主之本在于宗庙，宗庙之本在于民""严刑厚赏，此衰世之政也"的句子的时候，我们不能不说，这些熠熠生辉的智慧，是吕不韦留给这个世界的礼品，至今仍有其特别的意义。很可惜，他把事业交给了的嬴政，没有汲取这些有益的养分，使得那么好的大秦帝国，仅仅二世而亡了。

手捧这册书，似乎随时都是激动人心的时刻。"曹操才华的确十分出众，他的观察敏锐、机警智慧、随机应变、干练果敢都为常人所不及，这笔潜在的巨大财富后来成了他安邦治国取用不竭的源泉；他不喜读书，只是不愿专攻儒家之学做一个皓首穷经的儒生，而对诸子百家特别是兵法之类的书籍非常喜爱，他的《孙子注》在历代现存所有关于《孙子兵法》的注释中注得最早最好，也最有特色，具有很高的价值；他既看重一切又超越一切的豁达开朗，以及不受拘束、自由旷放得近乎游刃有余的娴熟，使得他能在日后的岁月里吸引、团结一大批文武能臣，也每每使得他能于颠踬蹉跌后再度爬起昂然而立，一阵哈哈大笑过后，就又恢复了过去的潇洒自如……"真是一个光华四射的人啊。把全部精力有效地使用在需要的地方，做出最好的成绩来；不委屈个性，做真实的自己，傲立于天地之间，这难道不值得我们每个人学习？

即以个人才智而言，曹操差不多都可以算得上是一名"全能冠军"了：他武艺出众，常能面临势众的敌人挥剑击杀多人；他擅长游泳，少年时就在水中杀死蛟龙（一种鳄鱼）；他不仅自己的诗文写得好，被郑板桥排名中国前十人之列，还培养了儿子曹植与曹丕，被后人誉为"三曹"；他具有相当杰出的音乐才能，可与当时精通音律的桓谭、蔡邕相匹敌；他对书法有很深的造诣，尤其擅长草书；他对医学有一定的研究，懂方药，会气功；他对建筑工艺、器械制作也颇在行，"及造作宫室，缮治器械，无不为之法则，皆尽其意"；他懂围棋，技艺之高达到了"国手"的水平；他还对饮食文化有着一定的研究，曾写过《四时食制》一文……曹操拥有广博的知识、多方面的技能，与他丰富的社会实践及成年后的刻苦学习密不可分。他小时候喜飞鹰走狗，虽然没有多大长进，却使他从小就广泛地接触了社会现实。自从政立志后，他就克服儿时的缺点，开始认真读书了，据《魏书》所记，曹操"御军三十余年，手不舍书，昼则讲武策，夜则思经传"，博览群书，简直达到了手不释卷的刻苦程度。

许多时候，我们都在为如何学与如何做的问题而徘徊，而举棋不定。读到曾纪鑫的文字后，我们会产生一种新奇的想法。人，原可以做许多事，而真正选定了目标之后，就要有所舍弃。三十年间手不舍书，昼夜讲习，会成就一种什么样的业绩，已经不用多说。

史是刀锋解人生，万年写入胸怀间。可以这么说，曾纪鑫是一个有志向的人。他的志向如何，我不敢妄说，但《历史的刀锋》所呈现出来的价值取向，无疑有为今日民生人生做诊疗的意味。"为天地立心，为生民立命，为往圣继绝学，为万世开太平"是先贤说过的话，我引来做本文结语，未知唐突否？

2015 年 2 月 3 日

# 辑二 书生活

## 一日书缘

　　书友们常说，得书要讲缘分，读书也要讲缘分，今天的缘分不知是怎样修来的，竟然拥有了这么些好书。今天，成了这个月最喜庆的日子。这日子在春天的绿荫里，格外的醒目，一如《莎士比亚全集》大红嵌金的封面，让我喜不自胜，不说不休。

　　先是收到了一张从未有过交往的公司的邮局提货单，抱着满腹狐疑且试试看的心理，取回了物品包裹，渐渐有些明白，最后是近乎狂喜的激动。呵呵，数十年的向往啊，一朝成真。这是我只花了六十元订购的人民文学出版社 95 版朱生豪译《莎士比亚全集》六大卷。煌煌巨册，喜庆灿烂，置我眼前，为我所有，是一种怎样的感觉，只有爱书成痴爱书如命的人才能体会得到。不足为外人道，如鱼饮水，这是欣欣然之余流过心田的些许味道。

年初，董宁文以一册《范泉纪念集》相赠的时候，我在上面读到了朱尚刚纪念范泉先生的文章，那里面谈得多的是弥留之际的范泉对朱生豪的敬重，朱范友情使范泉在生命最后写出了《朱生豪追思》，《朱生豪小言集》也在范泉的帮助下问世。此后不久，我又从范笑我那里得到了朱先生所编，收有宋清如和彭重熙在1983年11月到1997年4月间通信49通的《谈朱生豪》一书。这是秀州书局"三人丛书之三十"的线装本。学生时代，我曾经把几个朋友的文字集印在一起，取名《三人集》，尽管明知此"三人"和彼"三人"风马牛不相及，然而把玩《谈朱生豪》的时候，却莫名其妙地有了一丝谬托知己的亲切感，加上线装册页对于我的引诱，我对这书的喜爱已非复言语所能道尽了。我继续致信范笑我君，买来朱生豪哲嗣朱尚刚写的，被收入"往事与沉思传记丛书"的《诗侣莎魂——我的父母朱生豪宋清如》一书读了起来。

见到朱生豪译《莎士比亚全集》善价可购的消息了，我哪能不买。这是十多年前就曾心仪的书。那时，因为书价昂贵曾数次因循未买，说实话，就是现在，如果是原价，我也买不起，现在机缘成熟，也可以说是天助我也。这是只活了三十二岁的朱生豪以天才的笔调译出的饮誉全世界的莎士比亚，这是为中国人争了面子的朱译莎士比亚，这是获得了第一届国家图书奖的莎士比亚，这是我想得到已经近二十年的莎翁集。哈姆莱特，罗密欧与朱丽叶，威尼斯商人，等等，这些耳熟能详的名字，还有他们的事，他们的话语，现在，就在我的手上，书多素心人，是我的了。我的感觉，只有我的心知道。开心读我书，不乐复何如。

另外收到的，是萍水相逢的大学生王佳从远方给我寄来的两本书，一本是周海婴的《鲁迅与我七十年》，海南出版公司2001年9月一版一印。一本是陈子善编的《猫啊，猫》，山东画报出版社2004年6月一版一印。这是去年冬天我出差的时候在王佳所在的城市见到过的书，当时书架上都只有一本了，我的行囊中已经装了许多书了，娑摩再三，终于割舍未买。回来后，我就知道自己犯了个大错误。接下来，是无休无止的后悔。我到处打听联系，想尽了办法，也还是找不到这两本书。给王佳说的时候，是没有抱多少希望的，不料，这可爱的小姑娘竟然给我打来了电话，说是找到了这书，我大喜过望，让她买下。王佳说，《鲁迅与我七十年》是一个书店的老板专门为我找的，还打了八折。这书我看到的当时就想买，当年为买《鲁迅全集》曾往返步行近一百里，瞻拜鲁迅墓和鲁迅纪念馆曾是我出行的最高愿望，失之交臂后读书，又知道了关于《鲁迅与我七十年》的不少佳话。王佳的电话，不啻天籁纶音。今日翻看此书，其乐可知。陈子善说他编的《猫啊，猫》

是"自己都没有想到"，"专业之外越界编选的"，"自己颇为得意也格外看重的一部书"，就冲着这句话，我也得拥有这本书，更何况，我所喜欢的周氏兄弟、西谛、丰子恺、柏杨、季羡林、梁实秋、冰心、郑逸梅、姜德明、王蒙，他们都有关于猫的文字在里面。这书，老陈是"历时四载方始编竣"的，不朽的《红楼梦》也不过"披阅十载，增删五次"而已。编者说养猫于他，"既是一个审美过程，也是一个教育过程"，那么我现在的读"猫"，也可以视之为这样的过程，享受的过程。

在从邮局取回这些佳物的同时，路过书店，忍不住进去看了一看。这一看不打紧，我可是又有了新的发现。好书多多，只叹银子少少。少归少，也还是除不去积习，直搞得囊中空空，好在钱本不多，空了也心不疼。这回拿下的是清园老人王元化的《人物·书话·纪实》人民文学出版社 2006 年一版一印，内中夹有一封读书俱乐部的入会邀请卡，中画一藏书票，一女郎悬空高坐于精装高垒之书册台上，着拖鞋埋头读书，前后有吉祥鸟飞绕盘旋，书册台高出摩登背景大楼许多。邀请卡很精致，招人喜爱，且当作书签好了。家中清园的书夥矣，书店所见又弃置不买的亦复不少，睹此册则不忍释卷，原因是这书所述的人和书还有事，都是我还想进一步知道的，细读几则，也还不错。烛幽探奇，人之共性，我也不免。还是再原谅一回自己见书就爱就买的孟浪吧。

老鬼的《母亲杨沫》是出了书店后又折回去买的。不想买了，不过，剩下的钱刚好够买这本书。知道书友们对这本书评价不高，老鬼也是，母亲和秘书的那点子事也拿来抖搂，就是不说为尊者讳有伤厚道的话，也有点不够意思。然而又想，毕竟杨沫和张中行一起过，以后，这书也不一定再见得到，还是买了吧。老鬼对张中行的评价很高，书里也还有不少我愿意知道的事，老鬼要是把张中行杨沫的合影照片收进去就好了。回头再想，买了就买了吧，毕竟也有所获。这是一家知名出版社出的书，2005年一版一印，印50000册，装印不佳，是否我买了盗版？看字又不像。

已经是灯火阑珊的时候了，回望一天，感觉蛮好。心里想，就是今天啥事也没有做好，仅仅拿来了这些书，摩挲一过，也是好的。今晚的梦，一定是甜的。

2006 年 4 月 14 日

# 我的书生活

去年文字结集的时候，想好了一个题目：书生活。不想心有所动，上网搜索，居然有人已经用了这个名字，只好在书的后面加进一个"蠹"字，是为《书蠹生活》。书在台北出版，欢欣鼓舞，一喜也。

和大家一样，我的读书生活，始于自己的小学时代。那会儿正是"文化大革命"后期，同伴中有人拿着一册《黑旋风李逵》，应该是梁山故事的缩写本，我看得如痴如醉。后来老师见到，以为不合时宜，就给收了去。虽然没有深究，可我觉得总是对不住朋友，就一直记了下来。

一次父亲进城，我央他给我头书。大概当时的新华书店也没有多少可买的书，回来时，就给我带来了两本，一本薄一些，是《鲁迅的故事》，一本厚得多，是郭沫若的《奴隶制时代》。薄一些的好看，我对鲁迅的了解，应该就从那册书开始。《奴隶制时代》就是拿现在的眼光去看，也还是豪华本，开本也大，里面的照片很瘆人，是恁大的墓穴。这是当时的印象。关于鲁迅的那一本，早不见了，大约是同伴们借去了。郭沫若的这一册，我一直也没有读完，现在还插在家里的书架上。父亲过世已经八年了，每一念及，就别是一番滋味在心头。

后来在工作中，能有时间看看自己喜欢的书，就成了一份奢侈。不过，读书带来的乐趣，总是让人欣喜。我在关于自己书斋的《弱水轩记》里写过这样的话："打拼归来，我焚香啜茗，把卷清心，惬意非凡。藕益大师曾视一椅一榻一蒲团一经卷一声佛号为修行人的极致，我则视此时此刻此情此境为人生的极致。"那是真实的感觉。不过话说回来，看书，哪怕是业余的闲读，也给我的工作带来了诸多方便。关于工作状态的改善且不说，就是上进的动力，读书带给我的也多。

现在的节假日和公休时间多，空闲时高兴的事莫过于旅行和读书了。相比起来，旅行受到的限制多，读书就更自由些。不需要太多太好的条件，有平时买下的书，就好。要是有了新的册子，就算是上娱。在我的书斋里，"醒时眠时，坐处卧处，风晨雨夕，书卷覆我，我读书卷，在在处处，神物相随，我之书正多，我之乐无穷，我之福，亦无穷矣"。

以前的读书人给我们留下了很好的榜样，他们白天处理俗务，晚来在灯下读书咀嚼人生真谛，收获都很大。曾国藩在战事最激烈的时候也不废半天办公，半天读书的成例，他那些脍炙人口、流芳后世的文字，多在戎马倥偬中完成。文化史上，那些老死书斋的所谓学者多为陋儒，而宦游四方的公务人员则往往成为文化英雄，治国平天下的事功无意中变成了治学为文所必需的田野工作，这似乎是公理。不过，读书致用是形而下的层次。读书的最高境界是养心，是悟道，是对人性的了悟与同情，是对宇宙的洞察与皈依，而人格的丰富、威猛与从容，还应该是读书的副产品。

近些年，读书之余的我往往喜欢做些札记。我感觉到，读是在欣赏美好，写是在挖掘自己。读的时候接受阳光和雨露，写的时候在升华人生。读别人的时候，也时常审视深藏自身中的灵魂，在挑剔世界之际，也挑剔自己。这样，读和写结合起来，心态就越来越可观、开阔和善良了。

边读边写，觉得生活很充实。前些日子，董桥先生在来信中说，他是每周写一篇文字，作为自娱的。先生是《苹果日报》的社长，工作多忙啊。古稀之年的长者，无意聊过的话，我记着了。手边常放着心怡的书，常翻常读，受到些许感染，是自然的，也是我乐意的。

2011 年 10 月 19 日上午在秋日阳光中写毕

# 长假读书记

早就计划着，"五一"黄金周到了的时候，要干点什么，找点什么乐子，来奖励一下自己，作为对这一阵的辛苦的回报和祝福。这年头，自己对自己不好一点，就什么都完了。没有谁会想起要对你更好一点的。不是说大家之间有阶级仇，民族恨，是因为大家都忙，忙得昏天地黑，谁都是一塌糊涂，你说，各人连各人都顾不过来，谁还管得了谁。

机缘凑巧，方法和方式都来了。

## 四月三十日

收到了三个邮件。得去取回来呀，取回来，我这五一长假黄金周的好事，就有了。打开，呵呵，是书，是喜欢的书。

先是第一包：

《顾随全集》，精装本，全四册。河北教育出版社2000年12月第1次印刷。顾随是被称为"隐藏的大师"

的著名古典文学家、作家、教育家。顾随1920年毕业于北京大学，从师于蔡元培，对传统文学、西洋文学和禅学有深厚的造诣。他有叶嘉莹、周汝昌、史树青、黄宗江、郭预衡、颜一烟这样的学生，他的学生叶嘉莹把老师的讲课笔记带在身边揣在怀里几十年不离须臾，最后整理传布。徐晋如在读书笔记中说："顾随一贯惜墨如金，倘使一句话就能够说完的道理，他是决计不会说第二句的。而且一旦他认为对自己要表达的道理已经理解透彻，他的言语方式会显得相当地斩截。因此，他的思想精华其实是体现在他的讲录当中。叶嘉莹曾前后六年随侍绛帐，笔录其讲课内容而整理成《驼庵诗话》，这部分著作可谓顾随文艺思想精华中的精华。我们看看"陶渊明诗有丰富热烈的感情，而又有节制，但又自然而不勉强"。"诗人之幻想亦颇关重要，无一诗人而无幻想者。老杜虽似写实派诗人，其实幻想颇多。"这样的论断每一则都足够现在的博士研究生做学位论文。事实上，叶嘉莹先生的几乎每一篇文章，都是顾随的某一句话的具体展开。而像"诗本是抒情的。但近来我觉得诗与情几乎又是不两立的。小诗是抒情的，但情太真了往往破坏诗之美，反之，诗太美了也往往遮掩住诗情之真。故情深与辞美几不两立。必求情真与诗美之调和，在古今若干诗人中很少有人能做到此点之完全成功"这样的论断，只有那些自身在创作上卓有成就，深知诗中甘苦的人才可能体味到。而能够体味这种分别的，"在古今若干诗人中很少有人能做到"。

顾随还是现代文坛上一位卓然特立的诗人、作家，他创作了许多旧体诗词，是中国文学史上最后一位创作杂剧的作家，他的小说带着浓厚的乡土气息，散文则情思丰沛。顾随生前不愿以专家、学者的身份名世，著述较少刊行。在叶嘉莹指导下由顾随女儿顾之京编纂的《顾随全集》弥补了这一缺憾。我有此奇书，可浮的何止一大白哉。

叶嘉莹《迦陵文集》，平装本全 10 卷。河北教育出版社 1998 年 6 月第 2 次印刷。中央电视台教育频道的央视大讲堂 2006 年 3 月 2 日 10 点曾以《穿越生命的诗行：叶嘉莹》为题播出了关于叶嘉莹的电视报道。片子开始的时候，有好几位当世大家关于叶嘉莹的评说，不妨在这里录述。南开大学校长侯自新说："她一生的理想就是为了传播中华传统文化，延续中华传统文化。"数学大师陈省身说："嘉莹曾经送给我一本书，是给小孩子们读的诗选。我觉得很有意思，也非常欣赏。"物理学家、诺贝尔奖获得者杨振宁先生说："我认识叶教授，最初是因为在美国看台湾的报纸杂志时，看见叶教授的一些文章。"楚辞研究学者文怀沙说："叶嘉莹先生是我很尊敬的，她是妇女里头杰出的人，我称她为'当代的李清照'。"红学家冯其庸说："我敬佩叶先生的学识，尤其在中国古典诗词的研究上，也敬佩她崇高的品格。"叶嘉莹结婚的时候，顾随曾送一诗云：

> 食荼已久渐芳甘，世味如禅彻底参。廿载上堂如梦呓，几人传法现优昙。分明已见鹏起北，衰朽敢言吾道南。此际泠然御风去，日明云暗过江潭。

叶嘉莹讲，食荼已久渐芳甘，是在说人的一生。荼是一种苦菜，食荼已久，是说对于人生的这些痛苦，历练得很久了之后，就甘于这个了，就接受它了。廿载上堂如梦呓，说人在世间体会的滋味，跟学禅是一样的，你对于人生，认识了一种苦境，其实，人生本来就是这样的。佛说，人生本是苦海，人生有各种各样的苦，什么爱别离苦，什么什么的苦，太多了。食荼已久渐芳甘，世味如禅彻底参，廿载上堂如梦呓，先生说，二十年上堂讲课，如同一场梦一样地过去，几人传法现优昙，有几个人能够把法传开来？我老师还给我写过一封信，说几年来足下听不佞讲文最勤，所得亦最多，凡所有法，足下已尽得之。他称我为足下，他自称不佞。他说他所有的法，都传给我了。

2000 年，台湾桂冠图书公司还出版了《叶嘉莹作品集》24 册。我还没有机会见到，这样，此次所得之书，当属先生在大陆所出之大部了。

《沈祖棻全集》，平装本全四卷，河北教育出版社2001年5月第2次印刷，印2000册，50元，此原价也。有沈先生的文字，当代中国的文坛，才显得典雅华贵呢。沈先生的书，早些年我就买下过她的《宋词赏析》，我的书架上还有她和程千帆先生合撰的《古诗今选》两大册，买下不久，刚刚在读的还有程千帆先生2009年1月出版的《桑榆忆往》。书中收有沈先生一家的合家欢，弥足珍贵，也有程千帆先生和后来夫人陶芸的照片。沧海桑田，读这些书的时候，真的能感受到生活的变化，还有我们的幸运。浙江才女宛凌的《萧条异代使人愁——沈祖棻与盛静霞》一文，是被我收藏起来一读再读的文字。沈先生才情之高，古今罕有。读涉江词中附入的她和汪辟疆先生一封往返书信，感怀难抑。那年，是沈先生婚后第三年，身衰病多，给汪先生去信，大是《出师表》的韵味，似作遗言，汪辟疆先生复信，以自己曾经经历的病痛难受说，他也曾身体不支，但好了后继续伏案校读，乐趣依然。后来的沈先生，果如师言，渐渐康复。加上文集中程千帆的笺释，人生意趣，不言也是盎然生辉，这四卷书，不要说读，仅仅就是一想，都要激动不已的。书里面可观照的大师风范，大可以做我们的人生坐标。序言标题云："微笑地承受苦难"，人生苦多，微笑，不是最好的法宝么？舒芜先生说其中的程笺《涉江诗词集》，是"千古未曾有的文坛佳话"，你不想看看么？

第二包书：

张舜徽《四库提要叙讲疏》，20世纪学术要籍重刊丛书本，云南人民出版社2005年12月1版1印。原价26元，我21.44元得之。张先生的书，是我今年读书的特别关注区。我曾经写文章专门说过自己对张先生的敬仰之情。先生的书，见到的都已经收齐。书到今生读已迟。尽管知道自己的错误很大，可我还是没办法控制自己，其实不光是我，普天下爱书读书的人能逃脱这个误区的，只怕原本不多的。买下《钦定四库全书总目》中华书局整理本的时候，我就设法弄来了余嘉锡先生的《四库提要辩证》，想作更深入的了解，今天此书到手，自可助我清兴不少。

《周瘦鹃·苏州》，原价35元，我28.91元得之。这是收有周瘦鹃、叶圣陶、徐梦文字的"名人与名城的前世今生"丛书第一辑，吉林美术出版社2004年3月1版1印。书好，彩图多，算得上图文并茂了，就是价格高了点，要是在书店碰上，我大约不会买的。

周瘦鹃《花影》，原价26元，我22.21元得之，山东画报社2003年5月1版1印。这书的买下，是因为一篇关于梅花的文字贴出后，刘学文推荐了一篇文章，因为要看，就选了。不过，作为一代文人，周推出张爱玲不遗余力，弄得一个鸳鸯蝴蝶派，其人其书，当然要读的。周可怜的时候是十年浩劫，毕恭毕敬战战兢兢，还弄得最后自绝于世，真正是人寰惨剧。叹叹。

王炳根《郑振铎：狂胪文献铸书魂》（大象人物聚焦书系），大象出版社 2004 年 10 月出版，原价 21 元，我 17.27 元得之。书系为李辉所编丛书之一种，李辉近年很红火，只是书编得太多，无法收齐，自然无法尽读，真是无可奈何。

《郑振铎日记全编》（现代名人日记丛刊）。山西古籍出版社 2006 年 1 月 1 版 1 印，印数为 2700 册，原价 68 元，我 51.22 元得之。书由郑振铎研究专家、上海外国语大学语言文学研究所教授陈福康编著，整理历时二十多年。这是西谛日记收录最全的书了，读书人对此书评价多还不错。出版者叶内语云：2005 年 10 月 17 日，一代文学巨匠巴金先生永远离开了我们。此时，恰值《郑振铎日记全编》付梓之际。而巴老在他写作生涯中的最后一篇文章，又恰好是《怀念振铎》。在这篇未竟之文中，巴老表达了他对郑振铎先生无限的追忆。斯人已逝，怀念长存。

郑振铎是我国近代著名的文学家、文学史家，又是一位杰出的文献学家、艺术史家、考古学家、编辑出版家和藏书家。他对我国文化学术事业的重大贡献是多方面的。他是"五四"以后文化界少数几位"全才"式的大师之一。读书人爱他的书，应该是最自然不过的事情之一。作为张掖人，他游张掖的文字也值得珍视。

《石榴又红了：回忆我的父亲郑振铎》，中国人民大学出版社1998年12月1版1印。原价23元，我8.92元得之。便宜得出奇，我喜欢。读来感觉与想象中的还有距离，但有比无好，何况情趣也还不少。日前，我刚刚以320元的善价购得原价980元的20大册精装《郑振铎全集》，还有以100元购得的原价为120元，精装竖排影印豪华本《西谛书目》。至此，西谛和关于西谛的书，我已大部收齐，我与西谛之书缘，已深入身心多矣。西谛为旷世藏书大家，收齐他和关于他的书，于我，不啻为连城拱璧也。

第三包书：

《朱熹集》精装10册，为郭齐、尹波点校，四川教育出版社1996年4月1版1印。原价420元，我240元得之。第10册中附录传记资料、文集序跋、版本考略、篇名索引、人名索引。此书曾获四川省第八届哲学社会科学优秀科研成果奖（1999年）三等奖。郭齐为四川大学古籍整理研究所研究员，历史文献学博士生导师。主要从事朱熹诗文研究，曾出版《朱熹新考》。上海华东师范大学朱杰人教授主编、上海古籍出版社和安徽教育出版社联合出版过一部《朱熹全集》，共27册，一千四百多万字。那书虽好，却不是我能买得起的了。朱子为中古第一圣人，钱穆先生极为推重。曾多次写书介绍。《朱子新学案》是我在几年前读过，却没有读好的书，至今引以为憾。书店见到过中华版《朱子语类》也要八九十元，数次摩挲，终究没有买回，这回买下这么好的文集，加上不久前以四十元收下的岳麓版《朱子语类》，我的朱子情结，该有个可以寄托的好地方了。厚重庄雅，弦歌不辍，我有福了。

# 五月一日

华灯初上的时候，也是我休息得精神十足的时候。步出家门，到得人稠光艳的中心广场，又见到了降价的图书。见猎情喜，心又痒痒。这一回以半价收得的书，先是施蛰存《往事随想》，四川人民出版社2000年1月1版1印，印5000册，价16元。这书值得买，只可惜封面内所印丛书施蛰存、老舍、艾芜、周作人、吴祖光、孙犁、萧乾、柯灵诸家中我只得了施先生一家，其实我还想得的是萧乾、艾芜两家，知堂、孙犁的，因为已经有了文集，所以也就不大想了。书分两部分内容，上编为"创作生活之经历"，下编为"平生交谊仰文华"，可以说，先生的文化生活和朋友们，都写到了，有关于自己的书的，有萧伯纳到上海的，有丁玲的被捕，有林徽因其人，有南国诗人田汉，也还有谈嘉业堂藏抄本书目的，应有尽有。此书刚好与我收下不久的

《施蛰存序跋》成为双璧，辉映书架。

这一回最高兴的，是买下了傅光明主编的《解读萧乾》，书为大众文艺出版社2001年3月河北1版1印，10000册，345千字，价22.80元。《解读萧乾》是萧乾先生的关门弟子、中国现代文学研究员傅光明编的。这书是编者对恩师理性观照的产物，书中既有对恩师真诚的怀念，也有对恩师在意识形态方面未必认同却言之成理的思考。书中还收录有萧乾的一部分作品以及许多文坛知名人士如严文井、邵燕祥、周良沛、徐城北、戴厚英、李辉等人以及美、日友人所写的有关萧乾的文章。书末所附的萧乾生平和著译书目，对我来说也是大大的好事。傅光明跟随萧乾12年，萧乾的好多作品集都是由他编选出版，关于萧乾的书就弄了五六本，在这些书中，傅光明在更多时候是以研究者的角度和心态去解读萧乾的人生经历和创作实践的。《解读萧乾》这本书，不要说半价，就是原价我也会抢着去买。有这本书，我对萧乾就会了解和认识得更多更深。萧乾是我国现代著名作家、记者、翻译家、编辑家。他一生用中文、英文写成作品无数，他还翻译了大量的世界名著，其中以《莎士比亚戏剧故事集》《尤里西斯》等作品最为著名。特别是晚年，他和夫人文洁若用五年时间一起翻译《尤里西斯》的感人事迹，足可以成为后世知识分子的奋斗楷模。冰心曾戏称萧乾是饼干，说他是中国文坛罕见的多才多艺的人，他小说、散文、论文、特写、翻译，什么体裁都能写，什么都能写得很出色，七八十岁了，收到的报刊杂志上天天有他的文章。自然，冰心的说法也不无夸张处。萧乾的一生特别富有传奇意味，他是蒙古族，1910年1月27日生于北京。从20世纪30年代起就开始发表小说，成为名作家。1935年从燕京大学毕业后，萧乾先后在天津、重庆、香港主编《大公报》的文艺副刊。1939年，萧乾成为剑桥大学研究生，并兼职任英国伦敦大学东方学院讲师，1944年后，萧乾以《大公报》驻英特派员兼战地记者的身份，亲临第二次世界大战的欧洲战场撰写了大量的通讯特写。新中国成立后，萧乾历任英文版的《人民中国》副总编，《译文》编辑部副主任和《文艺报》副总编。1957年，萧乾被打为右派，下放农村，1978平反，1986荣获挪威王国政府颁发国家勋章，1989年被国务院聘为中央文史研究馆馆长。1999年2月11日在北京病逝。"人生采访者"萧乾说自己是一个"不带地图的旅人"。论者说他前半生在大地上旅行，后半生在心灵世界旅行，一生艰苦备尝，最后身居清要，年登大耋，淡泊名利，写文著述。他留下的最后文字是"死，使我看透了许多。它对我成为一个巨大的力量。所以一九七九年重新获得艺术生命之后，我才对自己发誓要跑好人生这最后一圈。最后二字就意味着我对待死亡的坦荡胸怀。"萧乾对一个爱读书的人来说，那是取之不尽的财富啊。萧乾现象，是一个值得我们深思的现象。"尽量说真话，坚决不说假话"，萧乾晚年为人为文的座右铭，会刻在我们的心上。手头刚好有了文洁若先生的地址，文先生对知堂老人生命最后阶段的关怀，曾让我记忆不忘，近年来她自己勤奋译事的奋斗和为萧乾所做的工作以及为萧乾所打的官司，也令人不能释怀，有机会要向先生一致敬意，再申仰渴之情。

《余光中传》，陈君华著，团结出版社2001年1月1版1印，印5000册，12印张，265千字，定价二十元。这是北京团结出版社当年推出的"港台作家传记丛书"六作家传记中的一种，其他几位是白先勇、金庸、高阳、亦舒、张爱玲等。丛书主编施建伟在总序《"世界华文文学"大文学圈中的港台作家》中说："这些作家尽管在信仰和观念上有所不同，但保存、延续和弘扬中华文化，却始终是他们不懈的追求和目标，这是学术界和读书界的共识。在折服于作品的艺术魅力之际，了解作者在艺术探索过程中所付出的代价，文学生涯中的酸甜苦辣，以及他们成功的秘诀，这是广大读者的渴望。"此语可谓"深得我心"。施建伟还推介说："陈君华博士，多年倾心余光中，欲罢而不能，故《余光中传》资料翔实、文笔优美。"然而，据传有好几个版本的《余光中传》出来之后，在2004年4月《北京娱乐信报》记者李冰的采访手记里余光中本人对此却有不同的看法："陈君华著的那个版本我认为不够认真。厦门大学研究员徐学著的《火中龙吟——余光中评传》比较好。"余光中还表示，"我绝对不给自己写传，那纯粹是件自寻烦恼的事。"争论是人家的事，享受是个人的事，笔墨官司，多多益善，同众多"光中迷"一样，我也已经有余氏的书不少，余光中的诗文已经让我欢喜了这么些年，吃过了蛋再看鸡报晓，我且享受这刚刚到手的书好了。这书也半价，还是足足的十品。又记起余光中的话了，"我的真正收入来源是教书，单写诗在任何一个国家都不易生存。我想这可能和诗本身的属性有关。我的一首《乡愁》在内地被转载了几千次了，也没一个人给过我费用。在人们心目中诗就是公共财产，这是一个观念问题。"这可是于我很有鼓舞的话。名家如余光中尚且如此，我何人哉，我辈完全可以把文字之事作为消遣，放过一回钱和稿费的问题，心则宽宽，身则逍遥矣。

易宗夔《新世说》，四川大学出版社1998年1版1印，印3000册，250千字，11.375印张。《新世说》成于民国七年九月。蔡元培写有跋语，说该书"颇多隽语"，"见闻所及，精择而雅言之，几乎无一字无来历"，并引前人评价《唐语林》的话，说可以"与正史相发明"。上海古籍书店曾于1982年《清代历史资料丛刊》中影印过1918年北京版的《新世说》排印本。此书篇目完全和《世说新语》一样，文笔也亦步亦趋，颇似明人学唐诗的作略。内容则偏重清代文人掌故，就可读性而言则大大超过《唐语林》。易宗夔（1874—1925），原名鼐，戊戌变法失败后改名宗夔，字蔚儒，湖南湘潭人。他在1898年《湘报》第20号上发表《中国宜以弱为强说》一文，主张"西法与中法相参""西教与中教并行""民权与君权两重""黄人与白人互婚""一切制度悉从泰西"等改革举措。文章发表后震动朝野，成为湖南全面宣扬西化的第一人。湖广总督张之洞斥之为"匪人邪士，倡为乱阶"。维新运动中，湘潭也涌现出了一批维新人士，易宗夔和蒋德钧、张通典、朱德裳等一同成为著名维新人物。北洋政府时期，易宗夔曾任国务院法制局局长。我得此书，正好可以和《清稗类钞》对看，增添乐趣。信手翻到徐灵胎、叶天士、薛一瓢条，就有名医救人威仪和名医相嫉，至于以"扫叶""扫雪"榜书于门的韵事逗人，可发一笑也。

# 五月三日

这个地摊摆得好，每本书只要三元，我被这便宜吸引，就过去看，本想看一眼就走，不会违背这两天不再买书的自律戒条的。但是，《巨赞集》进入眼帘了。481叶，15印张，印了5000册，中国社会科学出版社1995

年 12 月 1 版 1 印，是现代著名学者佛学文集丛书中的一种，"近现代著名学者佛学文集"出了 14 种，当年影响就大。我曾多方寻找而不得。主编者黄夏年在书前《缘起》中指出，丛书反映出中国近现代佛教的学术研究已经具有了以往不曾有的科学倾向，展示出近现代对佛教作出较大贡献的是在家的俗信徒，称为居士的一批知识分子的人格力量，还反映了中国近现代佛教的一大特点——它具有强烈的入世性或政治性，这也是中国近现代佛教的主要三个特点。才三块钱啊。巨赞法师是我国当代著名高僧、佛学家、爱国活动家。他生于 1908 年，1984 年示寂，俗姓潘，名楚桐，字琴朴。1931 年经太虚大师介绍，从杭州灵隐寺却非方丈披剃出家，取法名传戒，字定慧，后改名巨赞。抗战时期，巨赞曾在湖南组织南岳佛道教救难协会和佛教青年服务团。1940 年在广西创办佛学刊物《狮子吼》。多次应邀赴台湾、澳门、香港地区讲学。1949 年为改革佛教上书毛泽东及各民主党派，毛曾亲笔回信作答。9 月巨赞出席中国人民政治协商会议第一届会议。10 月 1 日参加开国大典。1952 年参与筹建中国佛教协会，后一直担任副会长，兼任中国佛学院副院长。"文化大革命"中曾入狱七年。巨赞精通佛典，通晓英、日、俄、德和梵文，晚年攻习法语，在海内外各佛学刊物上发表上百篇论文。1984 年 4 月 9 日，因劳累过度，在北京圆寂。巨赞是"现代新佛学"奠基人，其主张以佛教的"学术化""生产化"最为著名。法师一生"明于经，优于史，妙于文，工于诗"，著述颇多，惜现大多已散佚无闻，闻江苏古籍出版社有《巨赞文集》出版，可惜我缘浅，不曾得见。有此一编，亦足慰我长想。

"近现代著名学者佛学文集"丛书中这次被我所收的还有《梁启超集》和《印光集》。亦各三元。梁氏为维新首脑，学术大家。其佛学得自康有为，与谭嗣同"相互治佛学"，大有创获。他曾是南京支那内学院的发起人之一，又曾是武昌佛学院的第一任董事长。梁氏把主要佛学论文自订为《佛学十八篇》行世。近年读书，梁门惠我正多。梁启超《近三百年学术史》及其论史著述，与钱穆诸书相发明，添我清读雅兴，梁思成的《拙匠随笔》，还有《林徽因文存》也是砚边珍物。梁书之来，亦为缘乎？至于印光大师，则菩萨垂迹，教化人间者。大师为净土祖师，书简风行天下一个世纪，转移风气至巨。我得上海郑颂英等先生并佛学界恩泽多矣，大师香光，今又照我，岂可错过。忆及几年前研读内典，烛照人生时节，尚有心迹存留，题曰《习净余语》，数十首诗歌，虽然幼稚，不免唐突师友，却也可见当日情怀，小引语云："丙子年（1996）春节，习净之余，心沐欢喜。积习复萌，成偈若干。信手录出，一以报四恩于万一，一以就教于方家大德，一以自警自励于白纸黑字。"

此次所得三元书，尚有香港庞爱兰女士所著的《健康商数——马上就健康快乐》一书，从中我记住了一句话：现在就锻炼，明天就迟了，我笑着向爱人炫耀，就这一句话，这书就买得值。另外是大众文艺出版社1998年出的名家最新随笔选《路远不胜金》毕淑敏等著，东方出版社1996年印，宁业高、宁耘著的《苏东坡演义》，国际文化艺术公司2001年出版的"世界艺术史话丛书"之《西方绘画史》，张弢著。这些书都不错，也我之善缘也。

# 五月五日

早晨起来的锻炼是必要的，多年的习惯不会改变，今天也不例外。只是，今天的跑步换成了散步。吃过早饭，我们已经在千年木塔的旁边了。我来，是因为这里正在进行着一折起价的图书展销活动。人的感情有时候是很奇怪的，书很多的时候，除了最钟爱的，要买的，只是要价格低的。不过，主要的原因，还是我袋里的钱少。看得上的书固然不少，但要我掏腰包，还得好好掂量掂量。我看好的是每本五元的区间。在这里，我捡起落在地上的《曾国藩全集》之《日记》(上)、《诗文》、《读书笔记》、《家书》(上下缺中)、《年谱、大事记、挺经、冰鉴》等，加上姜穆先生的《王安石全传》，共七本书，共计35元，展颜而归。

写了《王安石全传》的姜穆先生，1929年5月出生于锦屏县文斗乡苗寨一个苗族农民家庭。他是20世纪60年代末在台湾地区走上文坛的。姜穆先生生逢离乱，早年投身行伍，后辗转谋生，艰辛尝遍。然而，凭着对生活的热爱，凭着"做起丈夫、父亲、祖父的责任"（姜穆先生语），他拼命"追求更多的知识"，拼命写作，先后出版了诗歌、小说、散文、文艺论著、影视剧本等达40余种计2000余万字。他赢得了中国台湾"文坛快手""快手作家""三十年代专家"的赞誉。2003年12月，姜穆辞世后，骨灰回归故乡贵州省锦屏县河口乡文斗苗寨一处林木翁郁的山岭——"冉抱你"。杨秀庭《谒姜穆墓》一文里说"山脚的一方新坟，使这片土地增添了人文灵性。苗族文学的一位苦行者、在台湾有'文坛快手'称誉的姜穆先生的灵骨便是回归到这里……先生的墓，一块石碑倚着新泥，没有护石，更没有碑盖，与周边的几座清代木商的豪华古墓形成了鲜明对比。这与先生一生安贫、宁静的风范是一致的。姜穆先生曾在《烟尘·自序》中说：'我反对身后荣辱，故不争生前之名，一切视如浮云。'""此是当年红叶书，而今重展泪盈襟"。

关于姜穆，有一个故事很有意思，是说他早年从军的时候，军队只许玩枪弄棍，不许有别的业余爱好。可姜穆偏不信邪，在下岗以后偷看《左传》。有一次被上级长官发现了，便被训斥一顿："你又不是左派，怎么能看《左传》？'左'是共产党的代称，你难道不知道？"这真是"秀才遇到兵，有理说不清"。就是从这样的起点开始，姜穆成了台湾从事三十年代文艺研究的专家李牧先生所说的"草莽英雄"。姜穆对这个评价后的反应是："英雄则未必，草莽气息实有一些。"大陆研究台湾当代文学理论的著名学者古远清在其论著《台湾当代文学理论批评史》中，有一节题为《姜穆对三十年代的"武化"研究》。"武化"，古先生指的是姜的文学研究带有火药味的政治批判。古先生曾经访问过台湾"中国文艺协会"，并在"海峡两岸诗歌座谈会"上结识了姜穆。回来后，写了一篇文章《初识"草莽"英雄姜穆》发表在全国优秀社科期刊《书与人》上。

姜穆这样的人写下的这样一部书，我可以错过吗？摊主不识得此书之好，也算我的好运气。书前有姜穆的自序，内里有许多精妙的论说，都印证了我的幸运。这里摘引一段："什么都有定数，司马光、文彦博、苏轼都反对新法，而宋朝竟还有三百年国祚。范仲淹、王安石未能使北宋富强，岳飞、韩世忠、陆秀夫也未能挽救南宋的败亡，这且不谈。中国四大发明，活字版印刷、指南针、火药三项到宋代都已成熟到了运用阶段，另外《新仪象法要》《天文历算》《营造法式》《农书》都在这一时期完成。科学萌芽比西方要早半个世纪。这是否为'重文轻武'的花果？无法得到结论。不过文人受到较多的尊重，廷议中得到较多的民主是个事实。范仲淹可以拉着皇帝议事，不得结论不散朝。宋朝对文人的容忍，不下于贞观一代。"姜穆是很认真的，很认真的书，值得我读。

和姜穆《王安石全传》同名的书，还有一本，是王安石的同乡晚学中国临川文化研究专家、江西省抚州社会科学院顾问傅林辉研究员写的。傅林辉先生花费近20年时间，完成了《王安石世系传论》（长江文艺出版社，2000年5月出版）一书，傅著《王安石全传》是其《王安石世系传论》的姊妹篇，在2001年10月由中国戏剧出版社出版、人民出版社2004年6月出版的河北大学人文学院院长李华瑞教授《王安石变法研究史》一书评价说："2001年是王安石诞辰980年，傅林辉又撰著了此书（指《王安石世系传论》）的姊妹篇：45万字的《王安石全传》，全传分四部分：王安石家世及其幼少时代；仕途历练，感受沧桑人世；熙宁辉煌，十年风云宦海；淡泊元丰，晚年喜忧参半，全面、系统、详尽地描述了王安石的一生轨迹和思想成长过程。对其政治才智、变法革新给以极高的评价，称其为天才的思想家、政治家军事家、改革家、哲学家、教育家、文学家，甚至可以称他为经学家、文字学家、书法家、画家，是世界上知名的伟人……"好书正多，留待日后因缘俱足的时候，我再一读之。

午间读书，觉得曾国藩的才具实在是在批牍、奏折中展现得比较充分的，而我在上午寓目的书中是见过的，没有买下是一个愚蠢不过的事，就在午睡未稳，也稳不了的情况下起来，看看就要下雨的天色，急匆匆赶往据说今天是最后一天晾摊的卖书处。捡啊挑的，我把能找到的《曾国藩全集》都拿下了。此回所得者，是《奏稿》(中、下)，《书信》(中、下)，《批牍》，仍是每本五元。捡点今日所得曾集，我拥有了十六本中的1、3、4、8、9、11、12、13、14、16卷十本。

对《曾国藩全集》，我是有感情的。大约是十年前，单位买书的时候，我添加的书目里第一位就是精装岳麓版《曾国藩全集》。我这次到手的《曾国藩全集》，是京华出版社2001年9月出的，没有印次，大约是想只印一次也未可知，印数2000册。32开本，价格1280元，全16册。曾经沧海难为水，说实话，这些书我是没有看上眼的，看厚度和印刷质量，我就知道内容是打了折扣的。买下来主要是价格太低了，有比无好，也是聊胜于无的意思，岳麓版的我大约也买不起了。回来后上网查询，知道现在网上销售的价格还高，就又有些沾沾自喜感觉。我也还想，以后碰到这些书的剩余的其他六册的时候，还会买下配齐，一如配齐珍稀版本。这些年，关于曾国藩的书太多了，《曾国藩全集》也出了不少版本，我最心仪的还是岳麓书社在1985年至1994年间陆续推出的《曾国藩全集》(30册)，这套书由于由国内一流专家担纲主持，所以内容信达，质量一流。编者连续十多年锲而不舍，表现了出版人执着苦干、精益求精的精神。有一则《曾国藩全集》推销广告里说，当年南京大学校长匡亚明教授说：孔子是打不倒的，因为他的思想里充满了中国文化的精髓，拥有人类最本质的东西。曾国藩也是很难打倒的，因为他的一生也是用中华民族文化造就的，也具有人类最本质的东西。《曾国藩全集》的编辑过程，还和一位作家的成长有关。1982年毕业于华中师范学院的唐浩明，分配到岳麓书社做编辑后，领导指定他编辑《曾国藩全集》，他一干就是10年。在编辑《曾国藩全集》的过程中，他对包括曾国藩在内的一些晚清历史人物有了很深的理解，于是，他全心全意投入到长篇历史小说《曾国藩》的创作中。可以说，小说《曾国藩》就是唐浩明编辑《曾国藩全集》的副产品，该书出版后，已发行100多万册。要知道，这是人到中年的唐浩明的处女作。通过编一部前人的全集成就一个作家，这样的好事，想遇到的人，怕还不在少数。

中国致公出版社在2001年也出过一套的16卷本的

《曾国藩全集》，那实在是李瀚章、曾纪泽他们当年所编的《曾文正公全集》和日记的汇编。不过，未收入《曾文正公全集》的曾国藩遗稿还多。真正的足本，是后来居上的岳麓版的《曾国藩全集》。有关曾国藩的书太多了，我曾集得目录一份，存于架上。

低价得到东方出版社 2004 年 8 月 1 版 1 印的石楠所著《另类才女苏雪林》，也是我的幸运事。石楠，1938 年生于安徽，现为中国作家协会全委会委员、安徽省作协副主席，主要作品有《画魂潘玉良》《寒柳——柳如是传》《从尼姑庵走上红地毯》《刘海粟传》《张恨水传》《陈圆圆·红颜恨》《舒绣文传》《百年风流》等。石楠的作品，自始至终贯串着一种强烈的生命意识。石楠下功夫搜集资料，完成 37 万字的《另类才女苏雪林》，写出了苏雪林的甜酸苦辣人生，真实记录了苏雪林的心路历程，殊难得也。书后的内容简介指出：苏雪林是个奇女子，两度留法，影响遍欧亚。她活了 103 岁，跨越了两个世纪，是当代中国文坛活的岁数最高者。她是集作家、诗人、画家、学者、教授于一身的"国宝"级大师，她是五四新文学以来文坛取得最辉煌成就者之一。她又是思想维新行为却旧的另类。她说感谢她那不幸的婚姻！她天生喜欢逆潮流而行。认知常常有悖于众，她的文章曾掀起过多场笔战风波。鲁迅逝世，全国文艺界为之悲伤，她却发表致蔡元培长信，公开亮出反鲁旗帜。

石楠在题为《为了不被忘却》的后记性文字中说，写完《另类才女苏雪林》，"我终于还了一个心愿"。作者和苏雪林有书信往还，也见过面，敬仰之情也深，"我认为，苏雪林和冰心同样伟大，胡适和鲁迅都是伟人，他们都是我们民族的精英，他们理应受到敬重，不能忘却他们，不能以言废人，也不能以人废言，不能因为苏雪林反对鲁迅，我们就否定她，蔑视她，而鲁迅也绝非是神，只能歌颂。"作者以为，这书也是苏雪林的心灵传记。鲁迅是我们敬重的人，因骂鲁迅落荒而逃的苏雪林竟然有如此大的成就，她还得到恩师胡适之先生的高度器重，这是我以前知之不多的。

苏雪林曾经被阿英誉为"女性作家中最优秀的散文作者"，与冰心、凌叔华、冯沅君和丁玲一起并称为三十年代五大女作家。我的书架上还有一本江苏文艺出版社1996年12月一版一印的名人自传丛书一种《苏雪林自传》，正好可以和石楠的《另类才女苏雪林》配对相勘，亦佳事也。

2006年5月7日上午

# 拨通读书堂的电话

二〇〇九年四月十四日，下午三点五十分，拨通六场绝缘斋龚明德先生的宅电，那是"书香圣地——成都市玉林北街三十四号"的读书堂。

电话的那一头，传来了熟悉而亲切的声音，是先生。先生在家啊，先生安好！言语间的欣喜穿越秦岭，穿越巴山，过千里过万里，传达给可亲可敬亦师亦友的龚明德先生。

从二〇〇五年开始，先生的文字就作了我的精神养分，先生的书自然成了我的案头清供。不是天天读，是天天在眼前，在身边，也在心上。先生苦心，是要做成书香社会。盖不了广厦千万间让读书种子在其间自由读写，就弄一个读书堂在网上，地不分南北，人无论长幼，来者随缘，言者有情，一言半辞，俱领雨露。点石成金，因人而异，因缘而异。我，是受益人之一。昨天，先生在堂上给我留言："岳年：大著两部（《弱水书话》）妥收，是好书，正在累偢中做休歇读，谢谢。"〇六年夏，和先生在大草原相会，亲承馨咳，得仰丰采，一席话胜读十年书，茅塞顿开，喜盈心扉的我自此更好地迈向理想中的书世界。

电话里的明德先生说，收到你寄来的《弱水书话》了，是好书，蛮好，蛮好。我知道，这是在鼓励我。先生说，书中写王稼句的那一篇好，我正在给研究生讲课，就用那篇做范例，讲结构，确实好。听先生这样说，我心里的喜悦，有些不能自制，亏得不在先生面前，他看不见喜上眉梢的浅薄相。我说，那篇文字在《出版人》和《书脉》上刊出过，后来又收入了《闲话王稼句》一书。

我向先生提出了不情之请。是新集成的文字一帙，取名《枕山集》，想入先生和阿泉编的纸阅读文库，想请先生作序。都没来得及忐忑，先生的话已从天府之国传了过来：可以呀，可以。先生嘱咐，将文稿交给阿泉，定稿后小样出来，看稿时便写出序言，那时好写。

事大如天，乾坤定矣。

又说起了新出的纸阅读文库第一辑，先生说给我签名的自己的著作《有些事，要弄清楚》毛边本已经弄好，是赠送的，不收钱。我说万万使不得，先生书好，得已不易，更兼签名，稀有难逢，岂可吝惜区区几十元不出，款已打出，先生勿复多言，我只等着拜读华章，一新面目呢。

先生说流沙河也给我签了名。我得陇望蜀，又向先生约，请先生相助，《枕山集》书名由沙河老题写。先生爽快，应声说没有问题，可以可以。询及沙河老身体先生说很好。我说给老人寄一本《弱水书话》过去，以表敬仰。先生说，他那里的看过后给老人看就行了。想，先生是在为我惜钱，怕给我添麻烦。先生又说，沙河老近来忙累了，要休息一下，老人的眼，看小字也费劲了。我看明德读书堂纸阅读文库首发茶聚上的老人，精神矍铄，白发苍苍，俯首题签，也有些心疼。

说到了文库的首发茶聚，先生说来的人多，很热闹。阿泉也来了，现在还在，要不要说话？我说当然要。先生喊阿泉，阿泉过来了。欣喜莫名，想不到这个电话一打三响，惊动了龚明德先生，还见到了阿泉。

阿泉说收到了昨天的手机短信。那是我说《枕山集》编就，要寄过来，请审定的。当时阿泉就回了短信。不想今天又得此缘。阿泉说，在要寄给我的新书书上书签名的时候，看到了六场绝缘斋里刚收到的《弱水书话》，那么漂亮的文章，没有印得很好。见到纸阅读文库，就知道做得是很认真的。纸阅读文库对文字的要求很高，只认文章不认人，今天的通话很有意义，已成了三方会议，写序不易，很累人，难得明德先生竟然答应，《枕山集》由著名的读书人作序，这不仅对作者很重要，对读书界也很重要。阿泉笑着说，大西北少有读书的人，你是我们北方，是大西北的读书星座。我说兄过奖了，不敢当的。阿泉嘱我，一定把好文章选进来，要保证质量，出最好的书。

电话放下了。我打开电脑，记下上面的文字，改起前人句子：

长记读书堂上，欹枕杨柳春风，迢迢山水空。记得先生语：香在读书中。一席温清语，千里快哉风。

2009 年 4 月 15 日清晨朝日初升之际写毕

愉快的一天开始

# 天涯·书生活

12月1日早上，打开计算机，收到了一个消息：

发送者：天涯社区　日期：2009-12-1　07:52:00

生日蛋糕：祝你生日快乐（数量1，加190分）

留言：今天是您在天涯4周岁的生日！

长长的距离，长长的线，长长的时间抹不断天涯与您无处不在的相逢！

（温馨提示：您的ID生日来源于您在天涯的注册日期）

哦，混天涯已经四年了。

想起2009年4月19日，书友暗香盈袖博客文章《签名本风景/最近在网上买到的书》里谈到《弱水书话》时的话："此书作者黄岳年先生恐怕知道的不多，但是长混天涯的书友，恐怕没有不知道《闲闲书话》版主'弱水月年'的，这就是黄岳年先生的天涯网名！他的书话作品一直是我喜欢阅读的风格，春节后就听说他出了本书话集，于是多方打听，原来是《弱水书话》，中国文史出版社出版。承蒙文泉清兄玉成，我非常及时购买了黄先生的这本书，毛边本，毛笔签字题鉴，我的书法不好，但我感觉黄先生的字很漂亮，贴出来大家看看。"他还贴出了书影、版权页、目录。心有感焉，不免一热。

2005年12月1日，这是天涯社区我的主页上显示的注册日期。就是说，我在那一天注册了弱水月年这个名字，一直使用到现在。弱水，是见于古代典籍，养育我故乡的一条河，大禹治水的时候侍弄过的。把地望放到名字里，亦传统也。或许更早一些，我来到过天涯社区。但是我在网上发表文章，开始于这一天以后，尽管之前也编印过几部书，在书刊上也发过一些文章。第三天，我在闲闲书话发表第一篇文字，题目是《愿意读书的人，就是有福的人》，调阅记录，这篇文字的访问量为6420人次，跟帖回复的有189人次。这个帖子从此在网络间流传开来，转载，或化为纸质，不一而足，在网上看到《华商报》登载了，我打电话询问，想要一张报纸看看，人家也不理。但是我还是很满足，看看这些朋友的跟帖，还有什么可以代替这份喜悦呢——

5kzhz0：百味人生乃书香——愿意读书的人，就是有福的人。

绿槐：爱读书并能写文章的人是真正有福的人，这样的人生活的时间和空间都更广阔，对人生有更深的感受。

守望古典：这样的心境，才是真读书。

董桃福：是啊，人生在世，能阅读是福分！

cmdmfg：一本书＋一壶茶＝幸福

zhiqiu82：呡一口冒着热气的清茶，圈坐在温暖的阳光里，细品一篇满口浸香的文章，该是一件多么惬意之事！


天涯档案告诉我，我已经在天涯上发表主题180个。我登陆了3040次，发表回复5132个，社区积分是127816。我还在天涯上建立了自己的博客，写139篇博文，有621个评论，博客的访问量是10007次，最新的留言是龚明德先生打电话吩咐，我寄书相赠，而后结缘的蜀中出版家吴鸿写出的："你好！我是吴鸿，大作收到了，谢谢你！我现在在海南三亚，向你问好！！"这就是我的天涯生活。

我来天涯，最初是来天涯书局，在那里，我买了许多书，有些店家本身是大读书人，后来也成为朋友，和他们交往的益处，有非言语所能尽述者。有一件事我难以忘记，那是买精装本《夏承焘集》，由于缺了第六卷，整套书的价格就只卖八十元，我嘱咐卖家，再碰到了就给我留下。过了很久很久，我都快忘记了，身在浙江的店家在书局发出帖子，说找到了这一卷，申明要留给先前买过的人。无意间我去浏览，看到了那个帖子，真的打心底里感动。这样，完整的八卷书，就入了我的彀中。

我更多的时间，在闲闲书话。这里是高人如云啊。名家大家与草根同在，和光同尘，大隐于市，游戏人生，很有意思。

好友中，河南的刘学文、秦安的韩育生、长安的吕浩、北京的王文思、四川的桔子、山东的袁滨、郑州的朱虹霞、广东的林伟光、内蒙的冯传友、湖北的李传新等，都是因为书而在天涯相识相知的。说天涯让我胜友如云，一点也不为过。

通过天涯去朋友们的博客读帖，是很开心的事。榆林话书、秋缘斋、染染书坊、长安吕浩在天涯、桔子黄红、秋禾话书、俞晓群的博客，都是我常常去的地方。书情书色，欢喜依依。

亦师亦友的龚明德先生在天涯开了读书堂，天天去那里做客，讨一杯书茶喝，大长见识。那里的朋友多，声气相通，是惬意的事。

帖子被媒体转载，总的来说是让人高兴的事。我好像没有养成投稿的习惯，多是朋友看到后，觉得刊载一下好，之后跟我取得联系后登出来的。陆续刊载过的书刊，有《出版人》《人物》《书脉》《出版商务周报》《清泉部落》《书友》《崇文》《书香》《芳草地》《中国纸牌》《联合日报》《酒泉日报》《张掖日报》《诗歌月刊》《闲话王稼句》《日记杂志》《甘泉》《海潮》等。

阿泉办全国第四届民间读书年会，在闲闲书话发表了专门邀请我参会的帖子，引起反响，我应命前往呼和浩特，种得善因。回来后陆续贴出《草原日记》，阿滢兄说他那时也是天天打开电脑，就看这个帖子，了解会议情况的。此帖与阿泉后来的《草原盛会万次帖》一起，构成了闲闲书话对读书年会规模最大的一次介入和报道。也就是那次的会议，我打通了和读书界的书脉。自牧、邹农耕、于晓明、谭宗远、陈克希、董宁文、蔡玉洗、萧金鉴、陈学勇诸先生，就是在这次会议上认识的。

到 2006 年的年底，我整理文稿，写出自序，弄出一册关于书的书。王稼句先生欣然为之作序。2008 年，《弱水书话》在自牧兄的帮助下面世。闲闲书话版主孟庆德撰文评说，南京徐雁先生嘱门弟子荣方超写出了文质具美的书评，好友啸虹辑录了《弱水书话》语录，也写了诗意盎然的述评，金陵名作家王振羽、嘉兴范笑我、包头冯传友相继在博客发文称许，马维学兄还写诗论书，书界一时耸动，不能说好评如潮，却已然深慰我心。

2009年6月，《弱水读书记》进入台北出版程序。朱虹霞君为这册书写了优美的说明性文字，就印在封底上，为书册增色不少。9月底，正体字版《弱水读书记》如期出版，书爱家张阿泉说："封面是素淡的金鱼与荷叶，书名也是绿的，整体很雅致，明显体现出了台湾书籍的设计风格。"在这个过程中，蔡登山先生成为值得信赖的朋友。在王稼句、龚明德、徐雁先生和阿泉品题之后，林伟光、袁滨、吕竹君等读书大家，相继撰文，给予《弱水读书记》很高的评价。这些，都是不能忘记的。

在《弱水书话》自序里，我曾说过："当然要感谢天涯社区的闲闲书话，因为我的许多文字是在这里得到批评和指正，减少了错误的。"

是啊，说起来我的住处，在偏远的大西北，古代是太阳的老家，崦嵫日，垂垂没，太阳落山的地方，说的就是这里。"单车欲问边，属国过居延，大漠孤烟直，长河落日圆。"诗的本事也在这里。其周边，距离近一些的几个中等城市，都要在三百公里开外，要说有那么些爱读书的人交流，真的是不容易。在包头开会的李传新兄本来是想来的，可是一听说还要一千多公里，就打了退堂鼓。冯传友兄出行额济纳，到距离我家六十公里的山丹县城的时候是晚上九点，再让他赶过来，就说司机已经开了七个小时的车，不敢再动了。我只好赶过去，聊到深夜两点再回来。你看看，要会一次知心的朋友，该有多难。

　　所以要感谢，并珍惜天涯社区，泯灭了时空，贴近了心灵。在纪念天涯浪迹四年的时候，我的第三本书话性质的集子也已经编就，并交付出版，届时一样会奉献于友人。这都和天涯分不开。是天涯所赐予的因缘，成就了我的一部分人生，和书香之梦。我乐此不疲。

2009 年 12 月 3 日晚间写出，4 日雪晴后改定于阳光中

# 借出的书

岁末年初，购到黄永玉老先生大红封面硬盒盛装的修订珍藏版《比我老的老头》一书，我特别高兴。打开包装，衬叶间见到的就是一张精美异常的发行纪念藏书票：一个手脚着地作爬行转的老头儿，离开了家，向外走着，图案下方，是一方红色的印章似的块儿，上面是作者亲笔手书黑字：

> "借出的书，
> 走失的狗，
> 惟愿认得路回来！
> 黄永玉。"

这些话的下面，是乳白色底面上的赭色篆书竖写的"藏书"二字。

无独有偶，在日前得到的《叶灵凤文集》，在第四卷《借书与不借书》一篇中，也记述了一位西洋藏书家在藏书票上所写的铭句：

"迷途的猫虽然走失了许久，

终于有一天会回来。

唉，但愿此书借出后能具有猫的性格，

采取最捷的直径归回家来。"

看来，中外的爱书家们，都在痛惜借出去的书的不回来。他们都在祈祷着书的回来。

董桥有一篇文章，题目是《关于藏书》，里面说清朝的魏源，就是写了有名的《海国图志》的人，"借友人书，则裁割其应抄者，以原书见还，日久始觉"。叶德辉骂魏源"不独太伤雅道，抑亦心术不正之一端"。看来，爱书人的担心也不是没有道理的。魏源是近代史上很受人们很敬重的有见识的人，竟然也有这样的行为，人性的弱点，又一次展现了。

我也借过书，图书馆的书，借来看过后都还回去了。也借来过朋友的书，多的都还回去了，也还有没有还的。今天，有的书还在我的书架上插列着。这些书，都是当时我所喜欢的读物。有的是时间长了，确实忘记了还，后来使懒，就留了下来，有的，则是从借来的那一刻起，就打心眼里希望主人不要索回，最好是忘记了，从此我便做了这书的主人，也真的遂了愿的。不管咋样，这些曾经给我带来过欢乐的书们，总让我记起它们的主人。我想，要是再见到朋友们的话，我还是愿意找到这些书，送它回到自己主人的身边去。

我的父亲虽然是一个农民，但他是一个爱读书的农民。据母亲说，年轻的时候，父亲曾经有许多书，父亲有许多朋友，这我是知道的。父亲的朋友中也有喜欢书的，他们拿父亲的书去看，书也就都没有回来了。父亲也好像没有怪朋友们的意思，因为我没有听到他念叨过这些。大概在他的心里，友情是比书更要紧的东西。那些书多是一些小说之类如《水浒》啊，《三国》，"姜子牙"之类，书里的人物，父亲是跟我说过的。我懂事能看书的时候，家里只有一本关于岳飞的书，已经很破旧了。父亲很敬重岳飞，所以在给我取学名的时候，就用了一个"岳"字。或许，这本书也还是父亲的爱物。我第一次买书，大概是上小学的时候。那一天，在父亲进城的时候，我说要给我买一本书来，父亲答应了。下午吧，父亲给我带来了两本新书，一本是石一歌的《鲁迅的故事》，那是为青少年写的读物，蛮有趣味的，比较喜欢看，大约朋友们也喜欢看，最后不知道让哪一位同伴借去看了，总之是不见了，对石一歌，人们有意见，他写的鲁迅，也不一定好，但那时候，大约也还没有更好的书让并不了解鲁迅的父亲见到；一本是人民出版社出的郭沫若的著作《奴隶制时代》，这书印得很精致，但太过深奥，我读不大懂，至今也没有好好去读。然而，这当时不太喜欢的书，今天反倒静静地留存在我的书架上，成为父亲留给我的一缕书香。脚踏香染都是缘，我有幸在开始读书的时候就知道了鲁迅和郭老，这是只上了高小六年级的父亲送给我的最好的礼物。父亲是喜欢看书的，我后来把自己的书从家里面带出来的时候，他曾有些不太情愿，说应该留下一些。我就留了一些，结果，这些书后来流失了不少。我们弟兄三个，只要愿意念书，父亲都是供到底的。2003年的春天，是父亲在世的最后一个春天，他在我家看的最后的书是金开诚的《传家宝》，那书，现在还静静的，在书前，我点上一炉香，想念我敬爱的父亲，我劳苦一生的慈父。父亲没有留下遗言之类的话，但我知道，他最愿意的，还是让儿孙们读好书，种好地，过好日子。

我后来的书渐渐多了起来。多了的书，也有被朋友们借了去的，借去的书，多没有回来。大学毕业的前夕，我买了一本中国青年出版社20世纪80年代中期出的《青年旅游手册》，带上它，怀揣着父亲给我的四百多块钱，我从兰州出发，到达成都，之后是游峨眉山，走重庆、下三峡，过武汉，上庐山，看鄱阳湖，游览黄山、太平湖、九华山，从安徽铜陵到南京，再苏州、上海，在上海师范大学念书的同学那里住了一个星期后，出东海，乘轮船到青岛，登上了泰山，游了济南，然后我第一次游览了北京城，返回的时候，我看了兵马俑，上了华山。我是看着那本书，白天游，晚上爬车行路的。那本书好啊，等于是它帮着我认识了一路上的山山水水。

回来后，我在那本书的扉页上题下了"两万行程东海水，一腔热血青春诗"的字句，还记下了那次行游的历程，绘制了一份行程地图。那书是宽型的三十二开本，大约有四百多页吧。里面有图画，在那时出版的书中，应该是精品了。那次回来，我的身上还有近二百块钱。那书于我，是有功的。朋友们是知道我的游历的，也知道我有这么一本好书。先是大家借去看，用这书指导出游，后来，这书被一位最要好的朋友借去，就再也没有回来。

还有一次，有一个朋友要写一篇很重要的关于土地的文章了，说是要找秦牧的文章，我说有，就把我书架上的《秦牧文集》给了他。现在，我都有些想念这本《秦牧文集》了，我清楚地记得，当初，我从四十里路之外买到书的时候，是怎样的欣喜。但我知道，这书，大约早就被朋友给忘记了。

有时候，我就想，还是要向父亲学习，要把书看得淡一点，把朋友看得重一点才好。毕竟，人比书要紧一些。可我好像没有出息的样子，老会想起借出去的书，甚至有几次，我都想打电话，喊回我的书们。但我，最终还是没有这样做。我想，全了友情吧。我的书架上，也有朋友的书。

不过，要是有朋友向我索书，我还是会很愉快地把他的书还回去。

2006.3.17.21:45

# 徐雁过访金张掖

8月23日晚八时许，宋云打来电话，说徐雁先生到了张掖，刚刚看完丹霞回来，现在天祥。是日处暑，为七月廿八日。七月乃巧月，宜有佳事。嘉朋自远方来，快乐事也。搁下饭碗，匆匆下楼。在北街十字打车后直趋仁和广场，到天祥酒店。诗曰：

> 华灯初上佳音传，天祥楼中聚神仙。
>
> 巧月相逢说故事，莲花座上旧书香。

徐雁笔名秋禾，我国书香社会建设的领军人物。他是南京大学教授、江苏政协和民革的负责人，还兼任中国阅读学会会长、江苏省图书馆学会阅读与用户专业委员会主任等职，是中国图书馆学研究领域的大家名家。这次他率江苏民革的同志们到兰州参加会议，会间考察河西，今天到的张掖。民革张掖方面的同志们接待远来的客人。徐先生和宋云交谈中说和我熟悉，宋云就给我打了电话。

和徐雁同来的，有扬州、苏州、徐州、山东、内蒙等地民革方面的负责同志。故人相见，格外开心。

　　三年前我赴南京，徐先生在南大旁边请我吃饭，和董宁文兄欢聚，徐门弟子荣方超等人与会。此后方超他们为我寻书许多。书情久久，常在心怀。此前更远的2006年，徐雁派门弟子童翠萍、林英、肖永杉出席全国四届民间读书年会，我与几个年轻人结下书缘，与雁斋书灯也接通了光源。此后，就时有佳制和浓浓书香从江淮雁斋读书灯旁飘然而至，徐公大著《秋禾书话》《到书海看潮》《南京的书香》《沧桑书城》《苍茫书城》《藏书与读书》《秋禾话书》《中国旧书业百年》《秋禾行旅记》《雁斋书事录》《江淮雁斋读书志》《中国读书大辞典》《中国藏书通史》《乡下月》《尔雅》等书籍，成为寒斋案头清供。

　　2012年，拙编《风雅旧曾谙》在中国台北出版，雁斋主人子夜抚键，欣然制序，一时传为书林佳话。此后不久，徐雁和林公武二位先生在郑州开会，期间得空，前往濮阳，好友刘学文代我请他们题词书笺，林先生为寒斋书写了弱水轩横幅匾额，徐先生书写了有关读书的小笺数张。诗曰：

　　　　举杯倾酒复倾心，瀚海为君洗耳听。
　　　　名飞日月新天地，高义风云旧书情。

书缘深深，话也投机。大家举杯，为今日的相见。谈话中我知道了，书林奇女子童翠萍已有两个女儿，她仍在编辑《悦读时代》。荣方超也还在南京大学图书馆，不久后会去哈佛访学。徐先生女儿子晨，要去波士顿学习。忆及2009年《尔雅》特辑上刊载的余垠、秋禾父子合集《乡下月》（余垠，即农业科普作家徐根培，徐雁父亲），询及余垠先生，徐雁语意凝重，说父亲年老，因病已在前年去世。无意中碰触伤感往事，我心里产生出歉意。好在席间气氛欢悦，徐先生也不以为意，宾主间的热烈很快在传递着、继续着。晚间用餐后，客人们去金鼎宾馆，这是他们下榻的地方。

陪徐雁先生从车上取下行李，进入宾馆，打开房间稍事休息后，我问他累不累，徐先生说还行，更愿意转转街景。

漫步张掖街头，花灯璀璨的夜景美不胜收。徐雁走进了街头一家卖工艺品的小店。我还在纳闷间，他已挑好了两件工艺品拿在手里，原来和读书有关。徐雁指着其中的一个对我说，这个很有意义，是今天的大收获。那是两个背靠着背的小白兔，其中一个手里打开着一本书。后来我知道，先生属兔。另一个小工艺品则是一个憨态可掬的读书人儿。这些年，徐雁一直在收集有关读书的小工艺品，已小有所成。到各地传播书香，这个爱好也成了他一个必有的项目。师友们时候也愿意帮他收集，童翠萍知道老师有这一爱好后，也开始这个活动了。诗曰：

生肖读书缘殊胜，玉兔情注甘州城。
山色云平边陲月，雁斋书灯瀚海明。

路过张掖市第二中学的时候，我说甘州国学书院就在其中，这里是原来的民勤会馆，前两年我们在其中做了甘州国学书院，一些文化讲座常在这里进行。我请门卫开门，让我们进去参观。尽管天黑只能看看轮廓，但对于倾注书香的人来说，也还是有意义的。夜景中的孔子像庄严肃穆，国学书院在这个时刻迎接了海内稀有的大读书人。我给先生指看"福荫苏山"的牌坊，说这和苏武有关，当年苏武牧羊的地区，就在河西走廊，民勤与阿拉善盟接壤，那里有苏山和苏武庙。

国学书院仰孔子，夜色微茫玉璞奇。
当年苏武持节处，福荫后世春风依。

一路走来，我们穿过商贸发达的青西街，人稠街窄，徐雁感喟大漠绿洲金张掖的繁华。我们说起了张掖建郡、佛法东渐都在两汉，甘肃设省源于西夏，陕甘回民起义发端于此的历史。来到木塔的时候，广场上有"建设丝路明珠金张掖，实现美好幸福家园梦"的霓虹标语。我们右向绕塔。在藏经殿前的牌子上，有右绕佛塔功德的解说，我们相视微笑，祝福人生。我说起了木塔的历史，据《甘镇志》《重修万寿寺碑记》所载，木塔始建于隋文帝开皇二年，是为安置释迦牟尼佛祖舍利子而建，为万寿寺建筑。唐贞观十三年，太宗李世民令尉迟敬德重新监修。明永乐、清康熙间又曾重修，史载"释迦佛圆寂时，火化三昧，得舍利子八万四粒。阿育王建塔置瓶，每粒各建一塔。中华震旦有塔一十六座，张掖木塔其一也。"(《佛说大藏经总目录／舍利灵牙宝塔名号》礼敬供养佛塔为：南京天宝塔、金陵长安塔、青州临淄塔、瓜州城东塔、河南普壳塔、凤翔法门塔、沙州白马塔、凉州姑洗塔、甘州万寿塔、平凉光胜塔、益州福感塔、蜀州龙兴塔、古并净明塔、辽州临皇塔、魏州喻社塔）诗曰：

木塔有梦梦非真，如露如电明镜影。

兴亡盛衰千古事，物华天宝忆玄宗。

当我们漫步到达钟鼓楼的时候，我对徐先生说，明代肃王府曾设张掖，现在的县府街又叫王府街。张掖古城十分规整，街道四四方方，鼓楼是古张掖城的中心位置。张掖鼓楼形制与西安相仿，只规模略小，为西北地区所少见。鼓楼上有唐钟一口，图案特别。我们说起了鼓楼门洞顶部的砖券上的砖匾额：东"旭升"、西"宾晟"、南"迎薰"、北"镇远"。鼓楼二层四面悬挂着明代所拟的匾额，东"金城春雨"、西"玉关晓月"、南"祁连望雪"、北"居延古牧"。康熙七年（1668年）重建鼓楼，所拟匾额现在挂在三层，东"九重在望"、西"万国咸宾"、南"声教四达"、北"湖山一览"。这些匾额当时都由名宦巨公所题，惜乎尽毁。现在则由当世名家所书。徐先生说，明人匾额多诗意和书卷气，清人匾额则多政治意味。各有千秋，各擅胜场。诗曰：

> 明代诗情清代新，鼓楼雄奇望九重。
>
> 万国咸宾浑余事，祁连晴雪用心听。


我们说起了大佛寺的掌故。徐先生感慨于参观大佛寺、拜谒大佛时的震撼。真没有想到震撼感是如此的强烈。我说大佛寺鼎盛的时候，这里有五千多僧人。徐先生说，和开封的大相国寺一样，现存的大佛寺仅仅是当年的一角，兵祸天灾，盛况衰减了，但文明之光的照耀，却存了下来。北藏金经，国宝珍贵，张掖文明，有其独特的地方。诗曰：

> 提携斯文惜文献，般若殿里数盘桓。

徐公谈笑文明史，张掖金经耀灵光。

在大佛寺，有八百多块经版，至少也是明清刻板。这和金陵刻经处所存的经版一样，都是海内罕见的珍品。这里所存的北藏，也是最完整的。说到书缘，徐先生说，以后会给你寄书，寄来的书会是两本，其中的一本是给宋云的。我说好啊，我们有多么幸运，在金陵飘来的书香中浸染。我们还说到了土塔，我说那是迦摄摩腾的舍利塔，从这个意义上说，张掖大佛寺是中华佛教的祖庭。诗曰：

平生善缘数十年，书城苍茫鬓有霜。
古今不泯星宿在，碑版残铭芸书香。

我们谈到了徐老师白天观赏过的丹霞，我说因为拿不出两亿元申遗资金，张掖丹霞与申遗失之交臂了。徐老师说，到张掖来，有两个地方感到震撼，丹霞是其中之一。我想起几天前，株洲友人奇山兄来，看过丹霞后直嚷道，这么好的地方，怎么会在你们这里，而我们那里却没有。我笑着回答说，这里的好地方多着呢，你还没有都看见，比如中国最美的康乐草原，隋炀帝大会西域诸王的焉支山等等。诗曰：

丹霞碧草祁连情，行旅歌诗颂文星。

最喜甘州长胜韵，黄金不换谱八声。


夜已深深。我告别徐先生下楼，徐先生执意送我到了一楼大厅。此行张掖，一个遗憾是深夜没有了营业的书店，大读书人未能见到张掖的书店之书。不过山河一统，张掖所有者，别处都有。握别后诗情未已，一些辞句涌现出来。回家赋得若干，一早发给西行中的旅人。次日，徐雁先生手机发来华章：

### 口号四绝答弱水轩主人

古典外阑入今典，所谓以丰补歉者也。

（一）

朝辞皋兰白云间，廿年江南去复还。

黄河母亲犹丰肥，鸣笛已至祁连山。

（二）

秋风秋雨拂旅尘，河西河东植被新。

联席共饮葡萄酒，八声甘州唤故人。

（三）

丝路名刹卧佛心，余生也晚屏息听。

兵戎扰攘边陲地，古今一慨不胜情。

（四）

张国臂掖黄金子，五行古塔布局奇。

玄机指说明清处，鼓楼无言但依依。

按徐公岳家久居宁夏，金城河西亦故处也。先生久游西北江南，古典今典，相映生辉。捧读成诵，欢喜无限。复作歌云：

喜读华章有金声，琴心三叠御青云。
计程应是敦煌日，万卷新添万古情。

随即收到复信：刚从玉门关返回敦煌市里。兄诗情涌发，余所不及也，致敬一个！

真是快乐的事。遂复信云：为先生高谊所感，情不能已也。一笑。遥祝旅途愉快！返程若过张掖，深愿再晤：

自东徂西古道行，风期如昨岁月新。
玉门关外冰川玉，鸿雁在天白云心。

2014年8月26日午后理出

# 铁鹰西游

蔡铁鹰是久负盛名的《西游记》研究专家。20世纪80年代，蔡铁鹰以探寻孙悟空文化原型为契机，开始《西游记》成书史研究并取得突破。他将《西游记》研究从纯文学领域引申到文化、宗教、历史和社会范畴，拓展了《西游记》成书史研究，为中国小说史的研究，打开了另一扇大门。

七十余篇学术论文之外，蔡铁鹰出版有《中国古代小说百部精华》(中州古籍出版社)、《西游记之谜》(中州古籍出版社)、《中国小说的演变与形态》(中国文史出版社)、《西游记的诞生》(中华书局)、《西游记研究资料》(中华书局)、《西游记的前世今生》(新华出版社)等专编著十余部，可谓著作等身。中央电视台十频道"子午书简"(八集)、中央人民广播电台"从文化开始"、"网上大讲堂"(十二集)等栏目，也详细介绍过蔡先生的成就，可谓名满天下。他还曾应邀赴东吴大学等处讲学和合作研究。他在清华大学辅仁大学开设的"《西游记》文化解读"学术讲座，也深受好评。

难得的，是 2014 年 6 月 27 日，蔡铁鹰先生来到张掖，就其承担的国家级社科课题《西游记成书的田野考察》，实地考察张掖大佛寺等地，就张掖境内现存的遗迹、故事传说等《西游记》文化资源做了现场考察。

他是自己开着车子，和王毅一起来的。他说，得看看《西游记》里写过的地方，过过堂。看和不看不一样，到没到现场不一样。他是 1954 年出生的人，花甲之年有自驾西行考查，照他的话说，是为了心里踏实。那天，他看到大佛寺《西游记》壁画的时候，连连说着的话就是，终于看到了，终于看到了。

蔡铁鹰是全国《西游记》文化研究会理事、学术委员会副主任，是江苏淮阴师范学院文学院教授、《西游记》与地方文献研究所所长。照理说，他不用这样辛苦地再去当"唐僧"，去苦行了。然而他来了，一路走来，他已经来到了张掖。

多红斌老师是热忱的东道主，他代表张掖的文化界，对蔡先生的到来表达了最热忱的欢迎。

铁鹰先生到达张掖的当天，傍晚的时候，天下起了细雨。那是悟空去借来的雨吧？齐天大圣感念他们的知音一路跋涉，给他们洗尘啦。多红斌先生打来电话，约我过去的时候说，你来，你会为见到的人而欣喜的。果然，见面之后的感觉就不一样。腹有诗书气自华的蔡铁鹰，旷达温和，第一面留下的印象就很好。那天的铁鹰先生，非常健谈。多先生转达了市政府领导的欢迎之忱。蔡先生对张掖市政府、对多先生表达了谢意。我说起了友人马旷源和他的《西游记考证》，马是云南的大作家，也是全国著名的《西游记》研究专家，蔡先生说刚刚收到马旷源的新作，他们也是非常好的朋友。

第二天早上八点半，多老师邀约喜爱《西游记》的一众学人，齐集大佛寺山门广场。

千年古刹迎贵客，西游仙人见知己。没有打开过的大门打开了，平日里阳光不能照射的地方照进了光线。清清楚楚，明明白白。伫立佛祖殿堂，在张掖一干学人的陪同下，蔡铁鹰仔细考察了能够看见的一个个细部。

蔡先生指出，在整个《西游记》故事里，吴承恩自创了大约10至12个故事。早期的《西游记》故事中，人参果故事中的福禄寿三星，还有子母泉故事，是没有的。木仙庵、玉华国的故事也是。张掖大佛寺壁画上的故事里，这些画面都有，据此，我们就可以说，这些壁画是《西游记》成书后的作品，也就是说，这是清代作品。当然，这样说丝毫不影响这些珍贵壁画的艺术价值。铁鹰先生还说到了寺庙殿堂中前供佛祖，后述己事的常例，比如在江苏淮阴慈云寺，这个情况就体现得很典型。在那里，后面国师殿里说的就是寺院创建者玉琳国师的故事。由此推测，当年，大佛寺与玄奘法脉和《西游记》之间，还应该有许多未解之谜。在参观张掖金经、土塔和山西会馆的时候，蔡先生的兴致都格外好。我告诉客人，大佛寺已有1700多年的历史，这里是中华佛教的祖庭，土塔是中华佛教鼻祖迦摄摩腾的舍利塔，来者有佛缘也有福报。

接下来，在多老师的安排下，蔡先生紧紧张张地参访了临泽、高台。民乐、肃南等地的文明遗存，对和《西游记》有关的风物，他都做了仔细的考察和记录。感念学者对学术的追求，笔者或陪或听，多有会心。录之不足，歌以咏之：

　　　西游原本为取经，重走穿越又一人。
　　　弱水三千皆可饮，烟萝无尽满地金。

古弱水所经之处，多玄奘所经历。铁鹰所循，亦辛苦事。起早睡晚，仅仅精力好，是不够说的。陪同了一天，我就深感体力不支，而蔡先生多先生天天早起，乐此不疲。除却痴心，不可解也。

　　　东山紫霞参老子，龙首有情只向西。
　　　玉石满目丹青色，人祖山口拜须弥。

蔡先生他们是6月27日午后去的人祖山。那里有谷，名人宗口，有观音山，山中多五色斑斓的彩石，故又称玉石涧。老子西行于是，隐士郭荷讲学于是。按照汉代王嘉《拾遗记·春皇庖羲》的记述，伏羲氏诞生于此，故名人祖山。《西游记》或有原型萌生于此。观音有迹，菩萨度生。蔡先生的到来，为甘州八景之一的东山烟霞平添了神秘的色彩。

> 大漠孤烟一时稀，铁鹰万里赴河西。
> 当年圣僧晒经处，火焰山上紫云起。

唐人咏张掖诗云：大漠孤烟直，长河落日圆。老天帮忙，蔡先生到张掖的时候，风和日丽，万里无云。一代西游学人，得以从容观赏，饱餐江山秀色。他查看了传说中的晒经台和火焰山，陶醉于大美张掖的风光无限，赞不绝口，喜不自胜。

> 正义峡口黑水澜，湖阔山高映蓝天。
> 记得山家鸡鸣处，歌声落日畏朱颜。

正义峡又名"黑河小三峡"，古时前往匈奴龙城的古道由此穿过，号称"天城锁钥"。"镇夷八景"自明代诗人岳正赋诗赞赏后名播四方。乾隆间所立阁相师碑、"太上灵岩"和活着一千年不死，死了一千年不倒，倒下一千年不朽的胡杨，都是蔡先生很感兴趣的景观。他在这里感受着大西北独有的风土人情，领受了千百年历史的风烟。

昭武城外望高庄，火焰山前看牛王。

沙河一望元帅卧，丹霞大道开新篇。

《西游记》中唐僧师徒西去取经，历经磨难，路途遇到了许许多多妖魔鬼怪的阻拦。张掖可考的扁都口黑风洞、板桥火焰山、高台通天河、临泽流沙河、高老庄、高台台子寺等，虚实相生，不一而足。牛魔王洞窟在今临泽县板桥镇土桥村二社一盘山脚下。《西游记》第五十九回"唐三藏路阻火焰山孙行者一调芭蕉扇"中描写芭蕉洞云："山以石为骨，石作土之精。烟霞含宿润，苔藓助新青。嵯峨势耸欺蓬岛，幽静花香若海瀛。几树乔松栖野鹤，数株衰柳语山莺。诚然是千年古迹，万载仙踪。碧梧鸣彩凤，活水隐苍龙。曲径苹萝垂挂，石梯藤葛攀笼。猿啸翠岩忻月上，鸟啼高树喜晴空。两林竹荫凉如雨，一径花浓没绣绒。时见白云来远岫，略无定体漫随风。"牛魔王洞一带依山傍水，树木葱茏，百鸟啼鸣，满山花香，一派人间仙境。清光绪年间，以牛魔王洞为中心，依山傍水处有圣母殿、祖师殿、观音殿、财神庙及山门、戏台等，俨然古刹，香火不断。民国三十五年，又有整修。画师在洞壁上画上了唐僧取经的故事。洞窟口竖有"牛魔王洞遗址"碑。牛魔王洞及牛魔王其人在张掖实有其人。相传"牛魔王"的祖籍是河南洛阳，很小的时候，由于家乡连年遭受自然灾害，生活苦不堪言，父亲牛天礼带着他和他的母亲逃荒来到了火焰山下，从此住在离火焰山不远的一个山洞里。不久，贫困交加，双亲离去。人们都叫他牛娃，常常给牛娃施舍衣物和饭菜，他是吃着百家饭、穿着百家衣长大的。牛娃性情刁钻古怪，他喜欢跟着走街串巷的江湖艺人四处游逛，结交了不少三教九流，学会了一些变戏法的手段和拳脚功夫，他争强好斗，四周的孩子见了他躲都来不及，经常被他打得鼻青脸肿，因而人们都叫他是"魔头""恶霸"。十八九岁的时候，牛娃已长得牛高马大、力大无穷。牛娃不务正业，专门干一些偷鸡摸狗、拦路打劫的事情，又加他长相奇丑，突眼塌鼻，脸黑如碳，一脸凶相，人们都躲避着他。他占地为王、收买喽啰，势力逐渐强大，大家都称他为"大力牛魔王"。牛魔王将洞窟扩大整修，在山洞上面修建了亭台楼阁，掳西番王的女儿罗刹公主为压寨夫人。由于罗刹公主有一宝贝叫芭蕉扇，牛魔王便将山洞起名为"芭蕉洞"。牛魔王与罗刹公主生有一个儿子，《西游记》以此人为原型塑造了红孩儿形象。相传红孩儿秉性与牛魔王很相似，跟随牛魔王自小就练就了一身武艺，他是一个桀骜不驯的浪荡公子，喜欢云游四方，专弄旁门左道，在十八岁的时候，被泰山侠客所杀。后来罗刹女出走，芭蕉洞留下了牛魔王和他的徒子徒孙。后来，牛魔王身染疾病，死于洞中。在过去每年正月十五、元宵节，牛魔王洞都要闹秧歌、唱大戏。秋收过后，人们也要在这里唱戏，庆祝五谷丰登。传说某年，一只狗在洞口转悠，被洞里的一阵风吸走，从此不见了狗的踪影，后来这只狗从嘉峪关的一个洞口里出来了，黑狗变成了白狗，只有狗脖子上挂的铃铛依然未变。人们都说牛魔王洞是从张掖通向了嘉峪关。又说某年正月十五，一支秧歌队在洞窟口闹社火，突然间凉风飕飕，一阵大风将秧歌队吸了进去，从此再不见踪影。还说，一个常驻张掖的商人，经常在新疆和张掖之间做生意，他听说张掖有个牛魔王洞，便怀着好奇心来到了洞口，当时他头戴一顶礼帽，来到洞口的时候，感觉冷风直往里吸，劲道很大，他伸长脖子向里观看，结果帽子被吸了进去，后来他又买了一顶一模一样的帽子，牵着骆驼去了新疆。在新疆的时候，又听说新疆也有一个牛魔王洞，他更是好奇了，决定再去探个究竟，当他来到洞口的时候，感觉冷风直向外吹。正在此时，一顶帽子从里面被吹了出来，落在了地面上，捡起一看，正是他在张掖牛魔王洞被吸走的那顶帽子。从此，人们怀疑牛魔王洞从张掖通到了新疆。现在，牛魔王洞洞窟尚在，上有残垣断壁，模糊不清的壁画和雕刻也还能找到一些。

平生不善买衣物，铁鹰腹中有诗书。

夫人看好相约处，笑把衬衫说龙鱼。


　　和天下男人一样，铁鹰痴心学术，对生活的要求多很简朴。他聊天时说，平日不大去商店购物，衣服多是夫人看好了，让他去试，他才去穿去买，以免耽搁研究和读书。


雨中撑伞参壁画，大斗拔谷赏金花。

一千年后童子寺，僧家蟠桃红瓤瓜。


　　6月29日，蔡铁鹰去民乐参访的时候，恰遇风雨。好古留心的蔡先生，撑伞察看，不放过哪怕是一个细节。童子寺1号石窟，有壁画39幅，6幅已模糊不清。他一一拍照，察看已经剥落壁画，说共有五层。学者对于学术的虔诚，深深影响了在场的人。蔡先生说到了和这些壁画极为相似的乌鲁木齐红光山壁画。参观童子寺的时候，住持觉尘法师捧出西瓜和蟠桃招待远方的客人。在大斗拔谷，蔡铁鹰先生对这里的优美风景赞不绝口，他嘱咐民乐县委宣传部的赵部长，一要保护好这里的自然风景，尽量少修建破坏自然景观的东西。要好好规划，自然景观一旦毁坏了，将没有办法恢复。铁鹰先生察看了娘娘坟。陪同的民乐县文物局陈局长介绍说，这是隋炀帝姐姐杨丽华之墓，她是后周宇文邕的皇后。古墓新盗的土石痕迹明显，韧洞明显，夯土层清清楚楚。在石佛寺，蔡铁鹰察看了唐代岩刻的一佛两菩萨和藏文题记，佛像中藏传佛教明显的特征三指冠，引起了大家的注意。

国学书院灯火明，少长咸集听取经。

唐宋以后多少事，娓娓道来数家珍。

6月29日晚八时三十分，在多红斌先生主持下，蔡铁鹰教授在甘州国学书院国学大讲堂作题为《西游记与西域文化》的演讲。张掖文化人都来了。甘州区委常委、宣传部长张成琦也和大家一起听讲。实际上，在铁鹰先生考察现场，热心的成琦部长也曾陪同。

蔡先生说，这次西行，日程紧，任务满，所以，只能以漫谈的方式和大家见面。此行西来，是为了求帮助。所获的帮助非常大。他谈了《西游记》研究的现状、趋势和在张掖的感受。

以下是蔡先生当晚演讲的现场笔录——

《西游记》是中国文化中的瑰宝。20 世纪 80 年代，曾出现过《西游记》研究高潮，后来衰落了。这几年，四大名著热了起来，《西游记》研究更呈现出好势头来。

特别是进入 21 世纪以后，《西游记》研究开始发力了。《西游记》研究的领域、深度都有发展。研究者从神话开始，挖掘《西游记》的社会意义。研究表明，《西游记》有着深刻的社会化意义。比如《西游记》中的道士，十个中九个坏。《西游记》中有这个倾向，是当时社会现象的必然反映。吴承恩是一个深受儒教浸润的读书人。《西游记》中的这些故事，与嘉靖皇帝崇道有关。那个时候的知识分子，不满当朝皇帝崇道，吴承恩以《西游记》来反映，深刻批判当朝。如八十回（实际是第七十八、七十九回）比丘国国王吃小孩心的故事，讲《西游记》的人很少提到。这是一个真实的故事，沈德潜的《万历野获编》里记述了这个故事。嘉靖皇帝崇信道教，他让道士做大官，在谨身殿，他虚席以待，让道士和他对座讲道。吴承恩的书里，影射了当朝皇帝。嘉靖皇帝是史上封妃子最多的皇帝，他搞房中术。据《万历野获编》记载，明世宗曾经征小女孩一千多名入宫，供他炼制"红铅"。他炼丹的主要辅材是处女的初潮经血，为了取得足够多的血液，御医们不得不给这些可怜的孩子们服食加速催长、类似激素的药物。由于破坏了人体正常的新陈代谢，许多女童失血过多，甚至血崩而死。嘉靖为了不使这惨无人道的行径泄露，侥幸未死的女童，取血后统统处死。他还搜集童男的小便，炼制所谓的"秋石"，"童子""小儿诞""红铅"是那时宫中的关键词。他还让宫女每天一大早就去御花园托盘等露水，为他采集"甘露"，他要用天上的药水。这个皇帝真是干尽了荒唐事。在残害小孩子上，嘉靖皇帝和那些妖魔鬼怪完全一样。在比丘国故事中，还提到了"锦衣官"，这明显是对明朝"锦衣卫"的影射，还有"谨身殿"，也是明朝皇帝实有的宫殿。你看，《西游记》的幻想并非空穴来风。

《西游记》研究近年的发展，主要有两件大事：1980年以后的变化，榆林石窟《西游记》壁画的发现。1982年，首届全国西游记学术讨论的召开，苏兴等教授发声，吴承恩的形象被描绘得更为清楚，而且吴承恩与《西游记》的关系开始占据《西游记》研究的重要位置，如吴承恩何时何地写成《西游记》，吴承恩身世、经历以及性格、思想与《西游记》的关系，《西游记》题材来源与地域文化氛围等重要问题都有了初步成果。在1600年左右，《西游记》和《金瓶梅》几乎在差不多的时间里都成书了。都和当时的社会有大关系。这是一个颠覆性的观点。此前的小说，没有这样深刻地去写社会生活。玄奘取经之后到吴承恩，经历了九百年的演化，终于成书了。《西游记》从南宋话本中的说经话本来，这是王国维的观点。王国维影印的《大唐三藏取经诗话》，为晚唐话本，可以与壁画相印证。2004年，我提出取经故事诞生于西北，获得反响。取经完成，玄奘回来的时候，一伙人在和阗分手，他写信给唐太宗，他需要文化、需要政治来支持他事业的发展。到长安后，他先住在城外，第二天，长安上百万人迎出城接他。宗教行为演变成为国家行为。再后来，玄奘西行取经的故事开始衍生了。故事流传在玄奘经行的西北地区，更有一番景象。举例子说，陷空山无底洞老鼠精供李天王父子牌位的事。《西游记》没有说陷空山无底洞在何处何方，但这故事却并非无根无祥，玄奘的《大唐西域记》告诉我们，这个精灵鼠老家竟然远在当年的瞿萨旦那国（今天新疆和田境内），故事发生在于阗。唐代从玄宗朝开始，密宗盛行，密宗重法术，故事也就多。当时朝廷的三位护法大师，人称"开元三大士"，都号称法力无边，而其中不空三藏施展法力的故事既多又精彩，有一个就是根据上面的鼠王故事改编的：天兵助玄宗解了安西之围。故事说唐玄宗天宝元年，西域的大石国（今伊朗境内）、康国（今乌兹别克境内）等五个小国联手进犯安西，安西都护府八百里加急向朝廷求援。安西都护府是大唐收复龟兹、焉耆、于阗、疏勒之后设立的行政管理机构，治所在高昌故城，距京城有万里之遥。他们的求援让唐玄宗觉得很头疼，即使派兵去救，大军到达也得八个月之久，那时这安西还能归大唐所有吗？这时护法大法师不空三藏说，陛下为何不请北方毗沙门天王的神兵应援？只见不空法师设下道场，口念真言，忽然就见有神人二三百，戴盔披甲立于道场前。玄宗奇怪地问："此是何人？"不空三藏告诉他，这就是毗沙门天王派往安西救援的神兵，特来辞行。两个多月后，安西有公文快马送到，说敌兵已退，安西无忧。原来不空三藏法师请来毗沙门神兵，安西城上空天色陡然昏暗，云雾中有数百身穿金甲的神兵，身长都在一丈以上，威风凛凛。一时敌兵尽退。再看敌兵营中，到处都是金鼠咬断的弓弩器械，全不堪用。这个故事显然来自瞿萨旦那鼠壤坟传说，不过已经进化了，原本独立为王的金毛小鼠都被收编，成了毗沙门天王的部下。这是一个非常重要的变化，就如原生态的山歌小曲经过再创作，成了民歌。跨出这一步，就有可能走得更远。毗沙门是佛教密宗大神，是一位最早由印度传入西域并在西域本土化，而后又传入中原的佛教大神，因此与毗沙门有关的故事大多带有西域的文化、民族色彩，金色小鼠的故事被吸收，也不意外。毗沙门在中原佛教中后来被命名为四大天王，称北方多闻天王，也就是寺院里经常可以见到的四大天王像中手拿琵琶的那位。我们的本土宗教道教，有多神崇拜的特点，鸡犬狐兔都能成精，但向来缺少系统化的大神，他们觉得自己的宫观里没有像样的看门大将，不够威风，于是将四大天王"请"了过去，毗沙门天王也就改名叫托塔李天王。毗沙门改换门庭的时候，显然将这些个老鼠精部下也带进道教了，关系还更密切，叙了亲戚。还有火焰山的故事，《大唐三藏取经诗话》里，火焰山就已经出现，只不过当时被称作"火类坳"。新疆地区的煤田有自燃火。奇台县曾经有一个面积达数平方公里的自燃火区，据说这片火区从唐朝就已经烧起，是由于当时采煤时就地取火引起的。北宋太平兴国七年（982 年），宋使臣王延德从高昌（今吐鲁番）赴北庭（今吉木萨尔）途中写下的《西州程记》中说："北庭山中出煤砂，山中常有烟气，涌起若云雾。至夕，火焰若炬火，照见禽鼠皆赤。采者着木底鞋取之，皮着即焦。"使臣出现的地方，即玄奘经过处。

《西游记》和西北政经自然社会文化关系巨大，这一点，已经是越来越清楚的事实。

大佛寺、童子寺、台子寺三个地方，是我必须要看一看的，我都看到了，很高兴。西北壁画，榆林石窟，在我的《西游记的前世今生》里都说到了。以后，我的《西游记》研究会在更深更广的层面上，继续下去。就《西游记》研究来说，张掖的内容很丰富。不过，我们要进一步找资料，难度不小。到今天，我看了张掖的三个点。关于大佛寺壁画，我倾向于成于清代。北大的朋友说，那和李卓吾刻本插图一样。我的结论和这个相同，但使用的方法有异。原来就有流传的故事，后来又有了吴承恩创作的故事。真假美猴王，子母河，人参果，大佛寺有的故事，都是后来定本上有了的。童子寺壁画也差不多，是衍生故事。以壁画的形式传播《西游记》，这样的情形比较少。《西游记》的故事，道士传播的要比和尚的多。新疆的英吉沙附近，玄奘晒过经卷，这事《大唐三藏法师传》里有。《西游记》在讲述晒经故事之后，留了一句"至今彼处晒经台尚在"。高台台子寺的晒经台是晒经故事中最有名的。《高台县志》说，明洪武五年，设立了高台县，得名的原因就是因为有台子寺，台子寺又是因为有晒经台而得名。台子寺旧戏台上有一副楹联："台虽不高，县名因斯而立；寺本甚大，圣经赖以得存。"高台县因玄奘故事衍生，也很有意思。在高台，我看了丝绸之路上的正义峡，当年的行旅行迹，都还在。

我们研究《西游记》干什么？高校、地方都在搞研究。地方上的研究，往往和旅游挂钩。我举个例子吧。湖北蕲春县，有吴承恩的故居。朋友让我去演讲，领导说要做《西游记》的文章。我就讲，要把研究和旅游建设发展分开。做研究，讲究孤证不立。搞旅游，则可以附会，热闹好看就行。当然，要有学术支撑。在做旅游这方面，我们尽可以想象。找到合适的载体，有依托就好。以《西游记》为题材做旅游项目的，全国有400多家，95%都失败了。好的是连云港和福建顺昌。连云港主要是花果山水帘洞，他们做得很好。顺昌原来是想做《西游记》旅游的，后来发现了元代古庙，供着齐天大圣。这是南方流行的信仰之一，与取经无关。后来《西游记》故事传去了，合二为一。顺昌人在山里找到了文化遗存，那里有齐天大圣的七十二处牌位。现在中国台湾和东南亚都有齐天大圣信仰，人们都来，和橙子节、文化节一起搞，都火了。他们的县长说，我这里愁的是人多，每天都多，简直没法接待。他们的事上了央视《走遍中国》节目。

蔡先生报告后，同行的王毅老师做了《西游记》语言研究汇报。最后是多红斌先生总结，他高度评价了蔡先生的《西游记》研究和张掖之行，并对朋友们的支持表示感谢。

精彩的演讲结束了，人们以热烈的掌声表达对报告会圆满成功的祝贺。张掖《西游记》研究会聘请铁鹰先生为顾问并奉上聘书，蔡先生愉快地接受了。闪光灯不停闪烁，记下了这美好的时刻。

在花灯璀璨的夜景里，金张掖分外迷人。凉风吹拂，古甘州以清凉为远来的客人洗却尘劳。出了国学书院，多红斌老师陪着蔡先生，一边聊天一边走，前往下榻的旅馆，继续安排明天的行程。

2014 年 6 月 26—29 日期间日记，

7 月 31 日傍晚修订完稿

# 辑三　书和史

## 王船山：元明两代一先生

　　2004年，方克立给他的博士们荐书时，推荐了《船山全书》。方先生说，吾老矣，不知道还能做多少事情！在完成已承担的一项研究计划之后，如有时间和精力，很希望能回到王船山，与《船山全书》相伴终老。他还说："王船山是中国古代最渊博、最深邃的思想家之一，他不但是宋明理学、甚至也可以说是整个中国古典哲学的总结者和终结者。我很欣赏侯外庐把他比做中国的费尔巴哈，对其思想和人格有一种特殊的敬重。"

　　四十年从事哲学与文化教学和科研工作的老博导，要把剩余的岁月许给王船山，是够让我们想一阵的。从1982年至1996年，岳麓书社陆续整理出版了船山遗著，以《船山全书》为名印行，共十六册，计四十六种。1998年11月，《船山全书》全十六册成套推出第二次印刷本，印数为一千五百套，定价八百八十元。

《船山全书》的责任编辑杨坚先生在书印出后，曾经陆续把出来的书赠送当世名家，征询意见或者结缘。当年，孙犁先生收到书后，于1991年5月10日写了一篇文章，是《读〈船山全书〉》，孙先生说："这是岳麓书社近年正在进行的一件大工程，实际负责编校者为杨坚同志。每出一册，必蒙惠赠。书既贵重，又系我喜读之书，深情厚谊，使我感念不已。我每次复信，均望他坚持下去，期于底成，因为这是千秋大业，对读书人有很大功德。"

对船山先生的评价，很多很多，不过，最能为我们所理解，并且亲切的，还是孙犁先生的话：

我对王氏发生敬仰之情，是在读《读通鉴论》开始。那是六十年代之初，我正在狂热地购求古籍。我认为像这样的文章，就事论事，是很难写好的。而他竟写得这样有气势，有感情，有文采，而且贯彻古今，直到《宋论》，就是这种耐心，这种魄力，也非常人所能有的。他的文章能写成这样，至少是因为：

（一）他有自己的政治思想，政治经验；（二）他有丰富的人生阅历，了解民情；（三）他有表达自己思想感情的文字能力；（四）他有一个极其淡泊的平静心态，甘于寂寞，一意著述；（五）这很可能是时代和环境造成的，无可奈何的人生选择。

等到我阅读了他另外一些著作后，我对他的评价是：

（一）他是明代遗民，但有明一代，没有能与他相比的学者；（二）他的著述，在清初开始传布，虽并没有得到应有的重视，但有清一代，虽考据之学大兴，名家如林，也没有一个人能与他相比；（三）清初，大家都尊称顾炎武，但我读他的《日知录》，实在读不出个所以然来。他的其他著作，也未能广泛流传。人们都称赞他的气节，他的治学方法，固然不完全是吹捧，但也与他虽不仕清廷，却有一些当朝的亲友、学生作为背景有关。自他以下的学者，虽各有专长，也难望王氏项背。因为就博大精深四字而言，他们缺乏王夫之的那种思想，那种态度，那种毅力。

他是把自己藏在深山荒野，在冷风凄雨，昏暗灯光之下，写出真正达天人之理、通古今之变的书的人。

他为经书作的疏解，也联系他的思想实际，文字多带感情，这是前人所未有的。即以《楚辞》而论，我有多种注释本，最终还是选中他的《楚辞通释》一书为读本。

深谙写作三昧的孙犁，对船山先生及其著作的评价是相当高的。

谭嗣同称船山学术和思想"空绝千古"，"五百年来学者，真通天下之故者，船山一人而已"。

王船山《题长乐石仙岭船山祠》诗云："一代先哲开生面，万古流芳启后贤。"他的《自题湘西草堂书室》联语云："六经责我开生面，七尺从天乞活埋。"就是说，生命已经成为一种累赘，只有把它奉献于华夏文化传承，才是使惨淡的生命获得意义与升华的唯一方法。他写下的文字，五经四书、老庄佛道无不涉及，每一部都是顶峰之作，他是中国的百科全书式人物。

1675 年，王船山写下了《走笔赠刘生思肯》的七言绝句："老觉形容渐不真，镜中身似梦中身。凭君写取千茎雪，犹是先朝未死人。"他是在"寤寐岂不思，力弱无能任"的无奈之下，在 1677 年作出最后选择，走著述终老之路的。终其一生，船山都是一个民族主义者。此后，他在石船山下以"顽石"自况，潜心于中华学术的研究弘传。他后来在《庄子通》自序中说："念予以不能言之心，行乎不相涉之世，浮沉其侧者，五年弗获已。"太可怕了，在场相当于不在场，生命已经埋葬在了过去。1685 年，船山先生在《楚辞通释·九昭》里说："有明王夫之，生于屈子之乡，而遭闵戢志，有过于屈者。"他说屈原"放窜之余，念大仇之未复，夙志之不舒，西望秦关，与争一旦之命，岂须臾忘哉。""寒夜萧静，一念忽兴。神驰楚塞之外，而所以雪耻振威西吞西吞彀函者，皆若惟我之驱驰而得志然。"他是在梦里实现了自己的心愿。这便是孙犁说的"他为经书作的疏解，也联系他的思想实际，文字多带感情"了。他的儿子王敔在《行状》中这样描写父亲："自潜修以来，启瓮牖，秉孤灯，读十三经。廿一史及朱张遗书，玩索研究，虽饥寒交迫，生死当前而不变，迄暮年，年赢多病，腕不胜砚，指不胜笔，犹时置楮墨于卧榻之旁，力疾而纂注。"船山于1691年完成了最后一篇作品《船山记》。逝世前夕，他为自己撰写的碑文为："有明遗臣，行人王夫之，字而农，葬于此。其左则继配襄阳郑氏之所祔也。自为铭曰：抱刘越石之孤愤，而命无从致；希张横渠之正学，而力不能企。幸全归于兹丘，固衔恤以永世。"他还对儿子王敔说，"墓石可不作，徇汝兄弟为之。止此不可增损一字。"以东晋名将刘琨、宋代大贤张载自况，是船山最后的心情。他的绝笔诗是这样写的："荒郊三径绝，亡国一臣孤。霜雪留双鬓，飘零忆五湖。差是酬清夜，人间无一字。"这是一个对恢复故国有着强烈愿望，在"留发不留头"的高压下至死保"全"，并以此自慰的"有明遗臣，行人王夫之"。这是一个大清的死敌。他说过并坚持以为："夷狄者，歼之不为不仁，夺之不为不义。"

晚清末造，船山著作成了革命党人的武器。有意思的是，授给大家的武器竟然是曾国藩。是曾国藩最先在晚清从真正的意义上发现了这位同乡先贤的巨大学术价值，他在金陵节署本《船山遗书》序言里说船山"荒山敝榻，终岁孳孳，以求所谓育物之仁、经邦之礼，穷探极论，千变而不离其宗，旷百世而不见知而无所于悔"。他应该是船山的知音。曾夫子杀人无算，再造大清，是为中兴名臣。船山先生从来则是大明孤臣，中华文明的传人。可是没有曾文正，船山之作的全面结集出版，不知道要到什么时候。这两个处在极端，论理应该水火不容的人，为什么成了隔世知己？写到这里的时候，正好又看到了章太炎的《书曾刻〈船山遗书〉后》，章太炎引用了当时人们的议论，说曾国藩和洪秀全的想法在本质上是一样的，洪急曾缓，目的都是赶走满人，理由是曾国藩以后，汉人开始手握兵权，"李鸿章、刘坤一、张之洞之伦。时抗大命，乔然以桓、文自居"。最后武昌起义，满清命革。曾国藩实在是赶走满清的发端者。"刻王氏遗书者，固以自道其志，非所谓悔过者也。"章太炎说，"余谓国藩初起抗洪氏时，独以拒袄教、保桑梓为言。或云檄文宜称大举义旗以申天讨者，国藩不肯用。然则种族之辨，夫固心知之矣。"消灭洪杨后，满清"权柄已移，所谓制人不制于人，其计抑或如论者所言。观其刻王氏书，无所刬削。独于胡虏丑名，为方空以避之。其不欲厚诬昔贤，亦彰彰矣。虽然，论国藩者，如《公羊》之贤祭仲，《汉史》之与平勃可也。自君子观之，既怀阴贼以覆人之国，又姑假其威以就功名，斯亦谲之甚矣。狄梁公为武氏相，卒复唐祀，其姑犹以事女主为诮。国藩之志，乃不如一老妇人哉?""谓其不欲覆清，则未可也。"这一评价是到位的，也说透了"力足以制洪氏，智足以蔽清宗"曾国藩的心思。船山的名字在漫长的清王朝一直湮没无闻，曾国藩以后的百余年，船山终于得到了他应有的学术评价，与黄宗羲、顾炎武并列为明末清初三大思想家。

郭嵩焘曾为王船山题有一联，极有名：

笺疏训诂，六经于易尤尊；阐羲文周孔之道，汉宋诸儒齐退听；

节义词章，终身以道为准；继廉洛关闽而起，元明两代一先生。

如今，远在长沙的段炼兄，给我邮来了《船山全书》整整十六巨册，是 1998 年 11 月的成套本。触手爱书，想起的，是方先生的话，我也愿意在忙完了生计的时候，"与《船山全书》相伴终老"。

2006 年 8 月 16 日，晚十时许写毕

# 刘一明：乾嘉金丹姓字香

## 参访兴隆山

2010 年 4 月 6 日。兰州。晨六时起，沐浴，打坐。写博客文字一小时许，没弄好废了。可惜。九时许，驱车前往兴隆山。

兴隆山位于兰州市榆中县城西南五公里处，距兰州六十公里，海拔只有二千四百米，在大西北，兴隆山不能算高。因"常有白云浩渺无际"又名"栖云山"，有"陇右第一名山"之称，相传，这里西周时就已成为道人凿洞修行之地。20 世纪 80 年代念书的时候，我来过兴隆山，今天算是故地重游。兴隆山是乾嘉以来最著名的全真道长刘一明的福地洞天。刘一明在其他地方也有遗迹，但他最主要的活动地却是兴隆山。刘一明最重要的著作《道书十二种》，多在这里写成。1991 年，我六十元买下此书线装本，今日已是珍本。以前来是看山，这回来是朝山，山前一笑留影，风光旖旎。有仙则名，兴隆山有刘一明，明媚中更添灵异，是仙家正脉，学问渊薮。刘一明有专写兴隆山风景的诗作：

## 栖云山二十四景　　寄调金人捧露盘

栖云峻秀，天梯冲虚透。白云窝，藏灵岫。朝阳谈道因，清波洗心疢。翻影庵，借风月炼真复旧。三台九宫全，五图七星凑。苍龙蟠，灵龟伏，寂静生偃月。面壁舍身肉。脱洒时，均利桥继前接后。


山门前不见人影，我寻找旅游纪念品商店，想买些关于刘一明的资料，门也不开，山间的风挺冷的，我说先上吧。有人喊起来，原来是让我们买门票的，一张三十元。我问刘一明的事，她也说不上来。问有书吗？说有。就找出两本来。我翻了翻，是兴隆山的传说之类，没有多少刘一明的。进得山来，先看到的应是张一悟墓，竟未留意，只好在下山的时候补着行礼。蒋委员长行宫是第一个景点，正在维修中。20 世纪 40 年代初，委员长夫妇在此小住，遂成胜迹。由于再没有游客，也不见管理者，虽有维修工人，但他们是不管的，我得从容拍照，墙上的照片比延安杨家岭窑洞里挂着的伟人照处理得好，风尘尽落、洗去铅华的历史真实，在渐渐恢复中，这是让人高兴的。委员长夫妇动员抗日的那张照片不好看，但一定是美的，丈夫呐喊，妻子发誓助威，民族在那一刻重生。家具不华贵，房子也比不得今日豪宅。上山，是丘祖殿，菩萨殿。一路寻觅的刘一明祠堂被错过了，只好留待返回的时候再看拜。七真殿前的景点有一个道士，我问刘一明，他知道，但说不上几句。倒是正在维修山路的一个中年女性，后来知道她姓郑，说起刘爷来头头是道，她是山下镇子上的人，嫁给了山里人家，爷爷是个医生，一生崇敬刘爷，辈辈相传，知道一些刘爷的事。她说，东山的后面有刘爷坟，在林子里。跟前有一个小碑牌，是修行的道士垒起来的。小郑念完了初中，算是文化人了。她告诉我，刘爷在栖云山住了四十年，修了七十二座道观。七真殿前有一棵苍劲的油松，传说是刘一明从老家山西曲沃带来手植的。混元阁南面是自在窝，刘一明修行著书处，靠山面壑，风景绝佳，很暖和。自在窝是三层结构，一层是著述处和卧室，挂着祖师著书处牌子的门锁着，门两边的墙上有几个镜框，内中陈列着一些介绍性的书册，想看看而不得。叹叹。也有刘一明关于自在窝和栖云山的诗作抄录，在身临其境的我们读来，有临风向往的感念。他为这里写的《自在窝铭》云：

　　栖云之阳，有个窟窍。左右护卫，前后紧要。风尘不侵，日月内照。至虚至灵，最神最妙。山人住居，独弦绝调。名利不牵，富贵难钓。有时自歌，有时自啸。有时自眠，有时自跳。噫！兴来岩头吼一声，恍惚空中有人叫。这个自在口难言，捧腹呵呵一大笑。

又铭（省城五圣祠有小屋一间，予曾居之，亦名自在窝）

此间屋儿，不漏不破。不高不低，不大不小。外面是三楹，内里容一座。未许人来往，惟有我坐卧。无拘亦无束，自唱还自和。终日玩图书，深夜辨功过。常将玉液烹，闲把金华磨。噫！分明尘世造化窝，包藏天地古董货。其中趣味少人知，快活受用暗赏贺。

### 附：灯壁铭
恰是太极形像，体具日月模样。内里一团光华，外面些儿不放。黑中有白蓄真，阴内含阳避瘴。噫！识得此物谨收藏，瞳人不损长明亮。

有"自在窝"牌子的东头小洞室门上，只有镣扣，开门就是小炕，有煨火小炕洞。三百年前光景，恍然在目。门前有半截华表，刚才小郑说过，是唯一的故物，当然被红卫兵砸烂了的。二层是藏经洞，三层为炼丹处。本来，刘一明著作的刻板，全在这里的藏经洞里，可惜在"文化大革命"中都毁掉了。守山的道士云游去了，前往东山的索道也不开。我们徘徊着不忍离去。同伴说，奇怪了，这里给人的感觉是不想离开，好像有一种吸引力在拽拉着人。下山，看到剑竹在林子里长出绿芽了，同伴采下一枝，算是纪念，春花未开，天色尚寒的大西北，这是难得的绿色。寻到刘一明祠堂，我们看见有一位道姑在忙碌着。两位负暄晒太阳的道人，一个年轻些，健谈，一个银须丰髯，颔首微笑。问刘一明坟，说在东山之后，"文化大革命"中被毁，现在也未修复，砖瓦残碑都乱放在那里，道家没有力量，旅游局又不拨款。那一带封山，有铁丝网，一般人去不了，去了也找不到。不过道士可以带路去。攀谈中道人从屋子里找出一块刻制的书板，是传说中的刘一明书板了，虽然有泥土，但是字迹是清晰的。是道人从老百姓手中找来的，殿中尚有三块，民间也还有三块。梨木坚固，至今未坏。抚去板上的泥尘，恍若晤对仙人，思绪万千。我嘱咐认真搜寻保护，这是兴隆山的珍宝。道者应允。锁门的道姑听我们说刘爷说得有滋有味，发了善心带我们去瞻拜祠堂里的刘爷。小陈继续和两位道者聊。祠堂是新的，神仙也是新的。记忆中曾经有传说，说"文化大革命"的时候红卫兵把刘爷的像给毁了。

　　后来小陈告诉我们，那块经板，是从山下一户人家拿回来的。那家人老出些事情，请道士去攘除，有人看见经板，就说道观上的东西放家里不好，就拿来了。

离开兴隆山不久，和一个友人说起了参访的事，她托人给我从兴隆山那里找来了以八卷嘉庆二十年、二十二年自在窝刻板印出的《栖云笔记》四卷、《眼科启蒙》四卷，我又买到了道教丛书之一的《刘一明学案》。书缘之盛大亨通，一时空前。

# 仙家灵根天地心

刘一明是个什么样子？

一般的说法是：刘一明（1734—1821），清代著名内丹家、医学家。号悟元子，又号素朴子、被褐散人。山西平阳府沃县（今闻喜县）人。按道教全真道龙门派系谱，他是龙门派第十一代传人。少年刘一明即读儒家经典，一心向往功名，尤好技艺、医卜星相、地理字画。十七岁时，刘一明身得重病，百药无效，幸喜一真人赐方，得以除病。"因病有悟，遂而慕道"。十九岁外游访道，二十二岁于甘肃榆中遇龛谷老人，口授心印。此后，为求参证，足迹遍布京、豫、陕、晋、甘、宁诸省。三十七岁时，再遇仙留丈人于汉上，经其点化。乾隆四十四年（1779 年），来到兰州附近的兴隆山。兴隆山距榆中县城七公里，古有衡山道士秦致通、谏议大夫李致亨二人在此修行。刘一明观其脉来马衔，面对虎邱，左有凤凰岭，右有兴隆山，双峡锁水，四兽有情，于是决定留在这里修行。在此后的四十多年间，刘一明隐居兴隆山修道传教，行医济世，著书立说。他对内丹学的阐发颇为全面，主张性命双修，"若欲成道，非性命双修不可"。刘一明著作有《易理阐微》《孔易阐真》《神室八法》《西游原旨》《会心集》《阴符经注》《悟真直指》《修真九要》《通关文》等，后来汇刻为《道书十二种》，别称《指南针》。《道书十二种》刻本有两个系统，一为清嘉庆二十四年（1819）常郡护国庵刊本，民国二年（1913）上海江东书局石印本，民国十四年（1925）上海集成书局石印本。这一系统版本实收书十三种。另一系统为光绪年间上海翼化堂本，实收书十二种。两个系统收书数目不一，篇目也有异。盖因刘一明生前所出和后世补入所致。1990年7月，中国中医药出版社以常郡护国庵本为底本，以上海翼化堂本校勘补缺后出版影印本，实收九集二十种道书，算是目前最佳印本，亦刘一明学术精华所萃者。《道书十二种》中未收的刘一明著作，尚有《三易注略》《道德会要》《心经解蕴》《金丹口诀》《栖云笔记》及医书《经验杂方》《经验奇方》《眼科启蒙》《杂疫症治》等。

刘一明《自题行乐像》云："此像黑黄面皮，白须皓发，长首隆鼻，头裹蓝布包巾，身穿月蓝道袍。以磐石为坐，以犬皮为褥。两手搭膝，端然正坐，不偏不倚。"他对这个画像的评价是："彼原不真，我亦是假。付于一笑而已。"这自然是世外高人的达观说法。当年的像是失传了，然而从他的文字里传达出的神韵，更见得到他的本质。他是一个下苦了道，活到老学到老的人。见道后写的《了愿歌》里说："虽然发白志犹壮，不妨从新再换肩。有人问我怎如此，呵呵大笑面朝天。"

最能见出刘一明精神风貌的，应该是他写的《自乐记》：

山右鄙夫，新田懒汉，不喜荣华，只爱恬淡，慕的是云朋霞友，好的是日精月华。闲时节，参同、悟真看两篇。闷时节，无弦琵琶弹几调。性发了，提起眉毛，整顿精神，打开众妙门，步入威音国。饿虎挡道，莫耶剑飞在空中。毒龙阻路，金刚杵压于顶上。赤蛇摆尾，一字诀禁住。乌龟探头，两刃斧破开。擒玉兔而捉金乌，食交梨而咽火枣。收璃玕，拾钟乳。采黄芽，取白雪。过华池，饮神水。到只园，嚼菩提。牟尼珠，装两袖。玛瑙石，盛一筐。美金花，插头上。白玉环，悬腰间。七宝林出入自在，五行山来往不拘。甚至情忘时，钻入鸿蒙窍，睡在希夷穴，梦游黄庭院，神入赤色门。元始宫里，盗饮返魂之酒，太乙炉中，窃取不死之丹。吃的昏沉沉，忘物忘形。饮的醉醺醺，无人无我。五老见面，只称一诺，三星问话，仅回平身。高兴时，太极图里养精神。厌烦处，无影山上击虚空。这个趣味，不有不无，非色非空，哑子难言，瞽者难画，说与世人，非谓其狂，必谓其妄。爰是记之，以自乐云。

刘一明学术的核心是全真内丹。在《道书十二种》里，趋真向道的智慧灵光不断通过刘一明的笔阐发出来，他说"其内一字一点血，只为启后与继前"。他的著作不但被门人木刻印刷流传于道教界，经上海江东书局、翼化堂和常德府护国庵于嘉庆、道光、光绪及民国年间铜版印刷后，更在社会上广为流传，成为人们研究道教典籍的普及读物和修身养性的指南。在道教史上，明末清初著名高道王常月、乾嘉时期的刘一明和几乎同时期的闵一得，都是如《金盖心灯》中所说的"我朝高士第一流人物"。且都著述丰赡，而其中的刘一明，又是著述最富者。这著述，极大地丰富了我国古代的思想文化宝库。

刘一明的道教著作博大精深。从内容上看，可分为三类。

第一类著作是对古代典籍、著述的阐释发挥。这也是我国古代学术阐扬共同遵循的正途。有《周易阐真》

《周易注略》《三易读法》《金刚经解蕴》《心经解蕴》《黄庭经解》《孔易阐真》《参同直指》《西游原旨》《无根树解》等。仅仅从题目上看，三教和合的特点也是明显的。他不拘泥于历代各家陈说，只是以性命双修这个主线，阐发自己独到的见解。在《周易阐真》中，刘一明指出，丹道即易道，圣道即仙道，《易》非卜筮之书，是穷理、尽性、至命之学。刘一明承其师之旨，祖述魏伯阳之意，"尽将丹法寓于周易图卦系辞之中，略譬象而就实义，去奥语而取常言，直指何者为药物，何者为火候，何者为进阳，何者为退阴，何者为下手，何者为止足，何者为煅炼，何者为温养，何者为结丹，何者为脱丹，何者为先天，何者为后天，何者为有为，何者为无为，何者为逆运，何者为顺行。其图象、卦象、爻象，细为分析，通部分作二股，一进阳，一运阴，承上启下，一气贯串，使学者易于阅看"。《周易阐真》对魏伯阳的丹经理论有新的阐发，通篇以浅显的语言，就龙蛇铅汞之法，验以爻系图象，剔除其"劣歧"，归于宗主，将炼丹与六十四卦卦体、卦辞一一阐释，使后学者少走旁门曲径，直奔本源。《西游原旨》一书，后世鲁迅点评过，胡适则对其中关于《西游记》作者为丘处机的说法提出了不同的观点。刘一明认为，三教一家，传性命双修。在释则为金刚法华，在儒则为河洛周易，在道则为参同悟真。《西游记》以西天取经故事，发金刚法华之秘，以九九归真，阐参同悟真之幽，以唐僧师徒演河洛周易之义。刘一明指出，《西游记》立言与禅机颇同，其用意处尽在言外，或藏于俗语常言中，或在一笑一戏里分其邪正，或在一言一字上别其真假，或借假以发真，或从正以避邪，千变万化，神出鬼没。俗语常言中暗藏天机，戏谑笑谈处显露心法，古人所不敢道者不敢泄者，邱真君（丘处机）言之，其造化枢纽，修养窍妙，无不详明具备，可谓拔天根而钻鬼窟，开生门而闭死户，实在是返本之源流，归根复命之阶梯。悟之者不必遭八十一难之苦而一筋斗云可过，不必用降妖除怪之法，而一金箍棒可毕。后世之注家以《西游记》为演义传奇而已，仅取一叶半简，以心猿意马毕其全旨，且注解每多戏谑之语、妄证之词，未能贯通《西游》原旨。《西游原旨》则昭若日星、沛若江海，指出《西游》一书即《阴符》也，即《参同》也，《周易》也。《西游记》为修炼性命之书，犹如一灯明幽室，百邪自遁藏。书末的《西游原旨歌》，更是形象概括集中了《西游记》的真谛及主旨，意在使后世读者豁然醒悟。用他说，就是"有人识得其中妙，循序渐进涉大川"。

第二类著作是作者对修养性命感悟的总结，有《神室八法》《修真九要》《修真辩难》等。《神室八法》篇幅不长，但却是刘一明"尽其生平所得"的力作。在《神室八法》中，作者将人的修身立命比作修筑神室，以刚、柔、诚、信、和、静、虚、灵喻之，如神室之梁柱、木料、基址、椽瓦、门户、修壁、堂中、主人。《神室八法》语言平易、通俗，析理精微，讲修道即修神室，神室完全，大道成就，永无渗漏，脱灾免祸，人于安然自在之境。《神室八法》，堪称自我修养的法宝。它告诉人们，行事应刚强、柔顺、诚实、守信、和同、静定、虚怀、灵妙，这样即可成就大事业。贯穿八字真言的思想主要就是要始终如一，不怕困难，刚柔并济，和光同尘，真性不昧。《修真九要》系作者传述其师龛谷老人之说。在《修真九要》中，作者讲了自己青年时期走过的弯路，警示天下修道者，必须由浅入深，依阶梯登高，循九要而入，辨明邪道，纵不能行此天下稀有之事，亦可以知有此稀有之事，庶不致空过岁月，虚度一生。九要是：戡破世事、积德修行、尽心穷理、访求真师、炼己筑基、和合阴阳、审明火候、外药了命、内药了性。刘一明总结自己少年慕道而未遇明师、不辨是非而几乎受害的教训和幸遇龛谷老人、走上正道的感悟，整理完善了龛谷老人学道、修道的思想，总为九条，为初学者循序而入的阶梯，并且批评了"未曾学道，即欲成道，未曾学人，即欲作仙"的糊涂思想。《通关文》实在是奇文实写，从平易中阐明大道的佳作。作者明确指出修真大道，窃阴阳，夺造化，了性命，脱生死，为超凡人圣、成仙作祖之大事。但世间学道者多如牛毛，成道者如凤毛麟角。究其原因，皆因一身偏病，满腔邪气，所以感不动师友，以致空过岁月，枉劳跋涉。作者积数十年修道经验，潜心著书，以结知音，使学者先尽自己之事，自卑登高，由近到远，而性命修持之功，也由此进步。作者在此书中罗列日常生活中的色欲关、恩爱关、荣贵关、财利关、穷困关等等，共五十条，刘一明认为都是学道者的要命关口、阻路大魔，须要关关打通，才能进步。刘一明指出，性命之道，是天下第一件大事，天下第一件难事，非大力量、大功德之大丈夫，载不起，作不成。果能打通诸般关口，便是大力量、大功德、大丈夫。彼时大道在前，直登彼岸，纵横逆顺没遮拦，步步见功，何愁道之难成乎。《修真辩难》，从体、用的角度把先天后天之道，统一为一体，所谓一阴一阳之谓道，是就道之用言。无形无象，是就道之体言。太极未分之时，道包阴阳，太极既分之后，阴阳生道，道者阴阳之根本，阴阳为道之发挥。所谓太极分而为阴阳，阴阳合而成太极，一而二、二而一者也。这种从宇宙生成论出发，以道为世界本源，阐明道与物相互为体的认识，给后世学者以莫大启迪。《修真辩难》以师徒问答形式，阐述内丹功理。作者认为内丹乃性命凝结而成，所以必须性命双修，指出性命之道与阴阳之道密切相关，性命为阴阳之体，阴阳为性命之用。性即理，命即气，气不离理，理不离气，因此性不离命，命不离性，浑然一体，不容分割。修性即能立命，所以修行者必须重视修性，"不能修性，焉能立命？盖性者命之寄，命者性之存，性命原是一家，焉得不修性？"要求性命双修而侧重先性后命。他着重指出："性命之学，中正之道也。中正之道，在儒谓之中庸，在释谓之一乘，在道谓之金丹，乃贯通三教之理也。知之者，在儒可以成圣，在释可以成佛，在道可以成仙。若舍中正二字，而别有所谓道者，即是邪道，便非正道。"他极为重视积德："外而积德，内而修道，以德佐道，以道全德，道德并行，内外同济。"

第三类著述是大量的诗词、曲、杂文、楹联、散文和杂感。刘一明的这类著作，以《会心内集》《会心外集》《栖云笔记》《悟道录》为代表。其中的《太和记》《自乐记》《三教辩》《示李鼎实书》诸篇，抒写了自己"不喜荣华，只爱恬澹，慕的是云朋霞友，好的是日精月华"的襟怀。《太和记》写作者入一幽谷见到种种美妙、奇异景象，在一黄发丈人带引下，来到一个叫太和的小村，老丈人自我介绍号为太初子，隐居此地一万五千年矣，并诫之再三"无可妄泄，世无知音"。这里的境界，是刘一明非色非空，似有似无，杳杳冥冥，恍恍惚惚的修道体验，也是他的人生理想国。《三教辩》一文，述"鹦鹉以舌利而入笼，孔雀以尾文而受拘，獐兽以脐香而被害，狐狸以皮贵而丧生，龟以灵而剥壳，蚌以珠而剖腹，蚹以尾而受刈"的道理，申"鹦鹉藏舌，孔雀脱尾，獐兽失香，狐狸去毛"义，阐发遁名晦迹，静养太和，以全大造之功的"修行立命"思想。刘一明说，儒、释、道三教虽有不同，但其大义总归是劝人向善。他归纳后称：儒有精一之道，道有得一之道，释有归一之道。儒有存心养性之学，道有修心炼性之学，释有明心见性之学。儒有道义之门，道有众妙之门，释有方便之门。他溯源穷流，得出的结论是三教一家。

乾嘉之际，也是政治清明、经济繁荣的鼎盛时期，此时的道教功法，已突破了三教界线，趋向合一。刘一明适逢其会，成为这一时期最具代表性的革新派人物。他的诗文一以贯之地表达了他的思想。《达摩赞》《如来》《读西游有悟》《王母宫》《三易注略吟》《叹修道不识真》《西关礼拜寺》等作品，都是他思想体系的展现。他为兴隆山道观撰写的楹联"均是圣人何分儒释道三教，总归正理要会身心意一家""三教原是一家又何必分别门户，一心归去敬三元只须秉烛焚香"更是直言了三教一家的革新观念。

《悟道录》是刘一明自遇龛谷老人后，在求道的艰难实践中的感悟和总结，当他明白了"大道必要真传，性命还须双修"的道理后，"悟的天地间万物万事，凡眼之所见，耳之所闻，足之所至，身之所经，头头是道，件件藏真，始知古今丹经子书所言先天后天、有为无为、药物火候、进退止足、结丹脱丹、顺行逆运等等法象，皆取天地间现现成成原有之理，发挥阐扬，并非强为捏造"。深刻的修真理论渊源于日用所接，经典也由此诞生。他拈取人所共见的日月星辰、云电雷雨、山川草木、鸟兽人物做题目，发挥阐扬，务求畅晓，使学道者看了能够少走旁门曲径，直悟大道。月借日光、接桃接杏、木茂水长、松心竹节、水上火下、动热静寒、癫汉醉人、淘金拣玉、木偶泥胎、曲酒米粥、瓶满瓶半、空谷传声、蚌珠鸡卵、婴儿无心等等，人人眼前习见共知之物理，刘一明收集了八十一条，各就一事而分析之，取譬用喻，俱臻化境。刘一明借助自然和生活现象，先铺叙其固有的特征，后以有象穷无象，以有形辨无形，条分缕析，言浅理明地揭示出其中所蕴含的道来：借阳化阴、护持根本、心实节坚、水火相济、凝聚三宝、返老还童，后学者会从这些司空见惯的事物中，领悟出处处皆道及"大道至简"的道理，修身养命。

刘一明远取诸物，近取诸身，精研深究，志念坚定，积功累德，不但以其著述丰富了道教理论宝库，弘扬了道教思想，创立了"性命双修"的北宗学派，更以他笃诚的行动践履了济世度人的宏愿。他在几十年晨钟暮鼓的岁月里，完成了大量的道教著作，募化修建了灵宫殿、洗心亭、三清殿、黑虎殿、均利桥、混元阁、雷祖殿、斗母宫、王母宫、吕祖阁、邱祖堂、朝阳洞、三圣洞、迎善桥、菩萨殿等道观七十二座，开坛讲经，形成兴隆山道教丛林。在新庄沟荒坡地开垦五十多亩，部分主持自种，部分租种，作为零星补修之费。在他驻世的时候，兴隆、栖云两山败而复兴，殿、观、阁、廊、桥、路错落有致，善信弟子，皈依有所。

刘一明在醉心丹道的同时，"犹不忘情于医道"，他的《眼科启蒙》《经验杂方》《经验奇方》《杂疫症治》等医书至今仍是中医药学术宝库中的名作。在弘道过程中，刘一明常自制丹药，以医药济人。他的道书中，常有以医作譬，教人心法的。《会心集》里的《眼药方》，可为例证。诗曰："若知自己痛与痒，急求明师问端详。先积法财买药料，次置器皿安丹房。老嫩迟速合度数，进退止足定柔刚。灵药成就随手效，立竿见影不荒唐。"刘一明善于利用外丹技术、设备来制备医用丹药，这对于传统制药学的发展很有意义。刘一明从道教内丹术的角度将医家区分为神医和人医，认为神医乃先天之学，能培养先天元气，既能治己又能治人，无伤于彼，有益于我。而人医则是后天之学，只有五脏上用功夫，以草木药祛邪除疾，不能治己专治他人。这是一种典型的道教医学观，反映了清代道教内丹术与传统医学融通的特色。他指出，医有神医，有人医。神医者，先天之学，转生杀，夺造化，和阴阳，调五行。后天中培先天，假身内保真身，采大药三品，除历劫病根，神明默运，推己及人。所谓有用中无用，无功里施功。如神农、黄帝、岐伯、雷公、扁鹊、抱朴子、华佗、孙思邈其人者。以上圣贤，皆有实学，先治己而后治人。所以药到病除，邪气退而正气复，起死回生，得心就手也。人医者，后天之学，全在五脏上用功夫，草木上用心思。虽明得三关九候、七表八里，仅可医得应生之人，医不得应死之人。医得后起病，医不得根本之病。复得后天之气，复不得先天之气。治得有形之病，治不得无形之病。如仲景、叔和、河间、时珍其人者。以上数人，俱皆虚学，不能先治己而专治人，是舍己从人，顾外失内。所以有效不效，此其所以为人医也。他在《示李源昌书》里说，果是神医之道，则治己治人，无伤于彼，有益于我。人我共济，遂心运用，左之右之，无不宜之。

名山有幸长歌吟。甘肃有兴隆山，兴隆山有吃尽苦头，苦尽甘来的刘一明，刘一明在这里修真养道，世世代代被人们敬仰。

"大德从来有大寿，复命归根自天佑。"道光元年（1821年）正月初六亥时，八十八岁的刘一明进入善信预先为他箍好的墓洞，召集门人弟子，嘱咐他们"以性命为重，功行为先"，言毕安坐而化。

# 顾太清：有清第一女词人

　　案头一册 1998 年上海古籍出版社出版的《顾太清奕绘诗词合集》，为张璋编校本，洵善本也。

　　说来顾太清，还和甘肃有缘。她是乾隆年间牵连进胡中藻《坚磨生诗抄》文字狱案、被赐自尽的甘肃巡抚鄂昌的孙女。鄂昌，又是大学士鄂尔泰的侄子。鄂昌的儿子鄂实峰娶香山富察氏女，生下一子二女，长女即太清，本名春，字梅山，号太清，别号云槎外史。太清一出生便是"罪臣之后"，父亲以游幕为生，她只好由祖母顾氏带到苏州养大。为避忌和祖父鄂昌的关系，遂改其原姓西林觉罗氏为顾氏，谓顾太清。这样，说顾太清是甘肃人，也不会有牵强之嫌。

　　如此一来，读太清诗词，享受中便又有了亲切的意味。

　　太清三、四岁时，即由祖母教字，六、七岁时，又为她请老师教文化。那时候的女性，学习不为科考赴试，所以太清专攻诗词歌赋。自幼不缠足的太清，天资绝美，又有天赋，时作男儿装，加上擅能填词，也就渐渐有了美名。

清末词家王鹏运曾说："满洲词人，男中成容若，女中太清春而已。"成容若，即纳兰性德，是大学士明珠长子，骁将年羹尧的岳父。笔力惊人，其《侧帽集》、《饮水词》当时就脍炙人口，后来经人增遗补缺，合为《纳兰词》，收词三百四十九首，成为一代文化瑰宝。王国维认为纳兰是"北宋以来，一人而已"。朱祖谋也认为，纳兰性德是"八百年来无此作者"的一代词家。把顾太清和纳兰并称，是说她的成就之大。她成为满族第一女词人，靠的是极为深湛的造诣和丰赡的作品。

由于是"罪臣之后"，太清早年的生活很是不幸，她受了不少苦。由于遇到了奕绘，顾太清才走进了幸福的人生。奕绘为荣亲王永琪之孙，字子章，号太素。永琪之妻是鄂尔泰的儿子鄂弼之女，此太清与奕绘，原就是亲戚，他们之间互有往来，又共同爱好诗词，由诗词而相互倾慕，由倾慕而结为伉俪。奕绘少年得志，是乾隆皇帝的曾孙，大清皇室的成员。他十五岁时，写出受人赞赏的《读易心解》，十七岁时，父亲荣郡王卒，袭爵贝勒。二十三岁出版诗作《观古斋妙莲集》，二十六岁时，排除万难，娶了心仪的才女太清为侧室。后来官拜正白旗汉军都统，这是军队中的高级职务。奕绘三十六岁的时候，在京城郊外建成南谷别墅。南谷位于永定河以西大房山之东，南谷别墅是他们幸福的天堂，是他们情笃才高的见证处，也是他们终老的归宿。他们身后的园寝，也是这里，至今尚存。别墅中有霏云馆、清风阁、红叶庵、大槐宫等，都是奕绘度山势而构筑，天游阁则为奕绘邸中之一处，系太清、太素与诸友唱和燕憩之所。自兴建别墅后，奕绘、太清尽游房山诸名胜，归则宿于清风阁中，享受鸟语花香的幽境乐趣，真如神仙境界。这是太清一生最幸福、最快乐的时光。道光十八年（1838年）奕绘卒，光绪三年（1877年）太清卒，夫妇先后均葬于大南峪园寝。

太清与奕绘，伉俪情深到了极处。一个文武兼备，一个才貌双全。两人同年出生，字号相连，一个字子春，一个字子章；一个号太清，一个号太素；一个叫云槎外史，一称幻园居士。给诗集命名，一曰《天游阁集》，一名《明善堂集》。给词集命名，一称《东海渔歌》，一号《南谷樵唱》。呼应千秋，玉璧成双。夫妻间情投意合，亲密无间，赋诗填词，相得益彰，实李清照和赵明诚之后，文学史上又一对神仙伴侣。

太清与奕绘结为秦晋之好是在奕绘袭爵后。虽然在名分上太清是妾（侧福晋），但婚姻却十分美满。奕绘原配妙华不久逝世，奕绘既未续娶，又未再纳妾，官场俗务之余，只是与太清一道，登山临水，吟诗作画，太清对这份情谊，更是十分珍惜。诗吟词颂，不胜枚举。夫妻唱和，相敬如宾。我们可以通过表达二人志趣的画像题词来看。结婚十周年的时候，他们留了道装写真画像。都有题咏，这里从略。又三年，他们三十九岁的时候，又请人画了一组：太清的是"听雪小照"，奕绘的是"观瀑图"。此处我们只讨论他们自己为太清的"听雪小照"的题咏。

太清的词是《金缕曲·自题听雪小照》：

> 兀对残灯读，听窗前，萧萧一片，寒声敲竹。坐到夜深风更紧，壁暗灯花如菽。觉翠袖、衣单生粟。自起钩帘看夜色，压梅梢万点流玉。飞雪急，鸣高屋。
>
> 乱云黯黯迷空谷。拥苍茫、冰花冷蕊，不分林麓。多少诗情频在耳，花气熏人芳馥。特写入、生绡横幅。岂为平生偏爱雪，为人间留取真面目。阑干曲，立幽独。

词的意想与内容，可说是完全根据画面而来。毛文芳先生《一个清代闺阁的视角／顾太清画像题咏》对此有精彩的探讨，以下所述，即其成果。

画像原作者不知是谁，太清后人恒纪鹏将原画摄成照片，启功藏之，后名画家潘絜兹受李一氓所托，于一九七八年四月重新绘制，收入李氏收藏装帧之西泠印社本《东海渔歌》卷首。主角所立身的周绕环境，闺房案上摆着书（兀对残灯读），帘幕钩起（自起钩帘），顾太清便装穿着（觉翠袖、衣单生粟），站在洞窗前（听窗前），右后方油灯一盏（壁暗灯花如菽），栏杆外寒竹数丛（寒声敲竹），庭院中古梅一株（压梅梢万点流玉），顾太清独自一人倚栏干（栏干曲，立幽独）的身姿，由雪景充满的视觉听觉开始，勾起她下面一连串寒夜苍茫的想望。太清女性词人的纤腻敏感，长于空灵中的倾听。在小照中细听窗前寒雪敲竹，整首词充满诗情画意，是典型的才女闺阁画像的实例。

奕绘为妻子的"听雪小照"，也题了《题太清听雪小照》：

飞素暗群山，寒云幂空谷。

晚妆淡将卸，函书初罢读。

窗灯明冏冏，翠袖伊人独。

倚栏正倾听，晶然天地肃。

雪声不在雪，乃在梅若竹。

寒香扑鼻孔，清音慰心曲。

斯情正堪画，此景良不俗。

远胜暴富家，高楼纷酒肉。

行年垂四十，日月车转毂。

归去来山中，对酌春岩绿。

夫妻二人分别题画，并未混淆主客关系，太清的题词中，明显意识到画中人就是自己。兀对，听，觉，坐到，自起等语，有自我色彩在内。奕绘的题诗，用"伊人""翠袖"二语，先将自己置于一个旁观的角度，再由远景逐渐拉近，简笔勾描画中景物，以及妻子的身影。寒香扑鼻，清音慰心，美景当前带来的精神丰足，远胜过高楼酒肉。看着太清画像，奕绘不免想起自己规划已久，位于大南谷即将完竣的"世外桃源"，也就是南谷别墅，并为自己和妻子提出宽怀之道："归去来山中，对酌春岩绿。"逝者已远，行乐及时，流露了观画者由画像引发愉悦人生的追求体会。

这一时期，顾太清的创作进入全盛状态。其诗集《天游阁集》和词集《东海渔歌》共约千首诗词多完成于此一阶段，书名则呼应于丈夫奕绘的《明善堂集》、《南谷樵唱》，偕偶对称。对神仙眷属的雅韵，羡煞士林。

太清的集子里常能见到《夏至同夫子登天游阁诗》、《谷雨日同社诸友集天游阁看海棠》等为题所赋的诗词。奕绘歌咏夫妻志趣情味的作品亦复不少。据《名媛诗话》所述，顾太清"才气横溢，援笔立成。待人诚信，无骄矜习气，唱和皆即席挥毫，不待铜钵声终，俱已脱稿"。论者称"其词气足神完，信笔挥洒，直抒胸臆，不造作，无矫饰，宛如行云流水，纤毫不滞，脱却了朱阁香闺的情切切、意绵绵，吟风弄月之习，词风多近东坡、稼轩。太清词真如一串熠熠闪光的玑珠，令人喜读乐诵，其诗亦然。所涉猎题材之广，反映生活之吟，竟出自久居清廷宗室中一贵夫人之手，实不能不令人惊叹"。

对奕绘一生打击最大的罢官一事，发生在他们夫妇三十七岁的那一年。此后，奕绘一蹶不振，以四十英年而亡。而顾太清的人生，又有了一番可歌可泣的内容。这便是众口铄金的"丁香花公案"。

公案由一首闲诗惹起，经过某些热心人渲染，变得香艳炙口，亦假亦真，结果是顾太清被逐出王府。

道光十八年，也就是顾太清守寡的第二年，杭州陈文述倡导闺秀文学，培养了一些吟诗作对的女弟子。这年，他出资为埋骨西子湖畔的前代名女小青、菊香、云友等人重修了墓园，在当地引起反响，他那帮女弟子争相题诗赞咏，陈文述准备把这些诗收集起来，刊刻成册，取名《兰因集》。他让自己的儿媳周云林，去央托表姐汪允庄，向大名鼎鼎的顾太清求一首诗，以为诗集增色。汪允庄是顾太清做姑娘时的闺中密友，她从苏州赶到北京，请顾太清赐诗，谁料顾太清对这类故作风雅的事情根本不屑一顾，汪允庄只好悻悻而回。《兰因集》刊行后，陈文述特意托人送了两本给顾太清，里面竟赫然出现了署名顾太清的《春明新咏》诗一首。顾太清觉得此事太过荒唐，便回赠了陈文述一首诗：

> 含沙小技大冷成，野鹜安知漤雪鸿。
> 绮语永沉黑闇狱，庸夫空望上清宫。
> 碧城行列休添我，人海从来鄙此公。
> 任尔乱言成一笑，浮云不碍日头红。

陈文述庸俗鄙劣的神态在诗中活灵活现，他气坏了。

丈夫离世二年，顾太清又开始恢复了与京中文人雅士的诗词交往。与顾太清交往密切的诗友中，就有当时名扬天下的龚自珍。龚自珍进士及第后被授为内阁中书，又升为宗人府主事，他满腹才华寄托于诗词之中，成了顾太清看重的诗人。

这年初秋，龚自珍写了《己亥杂诗》中的一首诗，像他的其他诗作一样，很快就在京城文人中传抄开来：

> 空山徒倚倦游身，梦见城西阆苑春。
> 一骑传笺朱邸晚，临风递与缟衣人。

诗后有一句小注："忆宣武门内太平湖之丁香花。"太平湖畔，距贝勒王府不远的地方有一片茂密的丁香树，开花时节，清香袭人。

风波就从这里开始了。陈文述这时也到了京城，他看到了这首诗。他认为诗中的"缟衣人"就是顾太清。但仅仅这些，还不足以证明两人有染。不想，此时龚自珍又填了一首忆梦的《桂殿秋》词：

> 明月外，净红尘，蓬莱幽谧四无邻；九霄一脉银河水，流过红墙不见人。
> 惊觉后，月华浓，天风已度五更钟；此生欲问光明殿，知隔朱扃几万重。

原本正常的诗句，在陈文述心里变了味，他觉得整治顾太清的时机到了。他说，那词正是夜会偷情的证据。他将忆丁香花的诗和记梦的词联系起来，开始传播顾太清与龚自珍的绯闻，本来毫无关联的人和事，被描黑了。最后，龚自珍离开了京城，后来暴死，据说是因为被王府派人毒害身亡。顾太清有理说不清，被奕绘正室妙华夫人所生的儿子载钧逐出王府，在西城养马营租了几间破旧的屋子，安置自己和儿女。顾太清一度失去了生活的信心，她曾想一死追夫，可看着可怜的儿女，只有忍辱耐贫地活下去。下面的诗表现了她当时的悲惨境遇：

陋巷数椽屋，何异空谷情。

呜呜儿女啼，哀哀摇心旌。

几欲殉泉下，此身不敢轻。

贱妾岂自惜，为君教儿成。


　　困境中陪伴太清的，是学问和诗书。随着岁月的流逝，她的心渐渐在清贫的生活中得到了超脱。她在《静坐偶成》中有见道语云：


一番磨炼一重关，悟到无生心自闲。

探得真源何所论，繁枝乱叶尽须删。


　　她的人生进入了新的境界。

　　这正合我意。人到中年，世事云烟，经历和阅历都有了一些，读前人作品，觉得仿佛也从我心中流出，况味弥足。

　　顾太清五十九岁的时候，载钧死去，身后无嗣，太清亲生长子溥楣继嗣，顾太清得以重回王府。生活复入正常。晚年，她经常和朋友诗酒唱和，继续写出作品。太清晚年以云槎外史的署名续写《红楼梦》，题《红楼梦影》，形成影响。她是我国历史上第一位女小说家，也是续写红楼梦的第一个女子。

　　顾太清坚强地活到了七十三岁。

晚清文人作品中有不少糟蹋顾太清的地方，《孽海花》是最厉害的一种。在这部晚清有名的影射小说里，龚自珍、顾太清，连化名都没用，就直接写了进来。关于他们的内容都很鄙亵，情节也很荒唐，多属子虚乌有的捏造。《孽海花》里说，两人一见钟情，顾约龚外出，还把龚迷晕，醒来时，已在美人春宵帐里，等等。实际上，太清被赶出王府时是 1839 年 3 月，而龚的诗是 8 月间作的，太清怎可能是因为这个丑闻事发被赶出来的呢？再说了，就算太清失德被赶出，太清与奕绘亲生的儿女怎么会都一起被赶出来呢？

《孽海花》之前，顾、龚事最早见诸文字的，是冒鹤亭的《读太素明善堂集感顾太清遗事辄书六绝句·其六》：

太平湖畔太平街，南谷春深葬夜来。
人是倾城姓倾国，丁香花发一低徊。

第一句写奕绘与顾太清居住的府邸。奕绘《上元侍宴》诗注云："邸西为太平湖，邸东为太平街"；第二句写两人合葬之地，大房山东之南谷；第三句隐去一个"顾"字，即太清的姓氏；第四句则将龚自珍牵扯进来，引出了扑朔迷离的"丁香花公案"。

诗中所谓"丁香花"，就是龚自珍那首《己亥杂诗》

的自注也说了的。这是将龚自珍与顾太清联系在一起的惟一的"确凿"证据，但诗无达诂，不能为凭。所以，冒鹤亭后来写《孽海花闲话》时，虽然依旧坚信"丁香花"一诗"确为太清而作"，却又不得不加上一句"然亦不过遐想"。他看到《孽海花》的作者根据"太清遗事诗"的提示，编排出那么一段猥亵不堪的故事，冒鹤亭后悔了："不意作者拾掇入书，唐突至此，我当堕拔舌地狱矣。"冒鹤亭自称，少时闻外祖周星诒说过太清遗事的详情，却没有提供更多的内容。曾朴的附会，特别是有关龚自珍之死的传说，或许另有口耳相传的来源。可对一般读者而言，这些都不过是小说野史，较不得真。启功先生对此颇多诘责，说"无论其事曾氏无从得的知，即冒翁又何从而目遇？"启功先生进一步说："太清夫人幼遭家难，中居箧室，晚遘蜚语，竟为不幸所丛，岂真有如昔人寓慨者所谓天意将以玉成其为词人者乎？"史学家孟森曾撰文为顾太清辩诬，在其《心史丛刊》三集中有《丁香花》一文，旁征博引，对所谓艳史予以否定。苏雪林也有进一步发挥，都是为太清辩诬澄清的。

2011 年 6 月 30 日

# 文化徐世昌

案上摊开着上海三联书店 1989 年印刷的《晚晴簃诗汇》(又名《清诗汇》),厚实的两巨册,是一个值得开挖的富矿,沉浸其中,似不觉时光的流逝。有清一代几乎全部著名诗人的代表作都收进去了,一些流传不广的难见作品和一些不知名诗人的资料也在其中,小传下所附各家诗话,选择颇精,可以视为增益见识的少见佳制。与之相媲美的,之前有沈德潜的《清诗别裁集》,之后有的是陈衍的《近代诗钞》《石遗室诗话》。要研究清代文化,《晚晴簃诗汇》及其编者徐世昌,就是一座绕不过去的高峰。

印象中的徐世昌,有些窝囊。名没有袁世凯的大,心胸没有孙中山的宽,手腕没有蒋介石的铁。想想觉得好笑,这是哪儿跟哪儿呢,如何可以比呢?不说本不是一回事,便就是一回事,又怎么能够这样来比。能和孙、蒋并论的人物,近代中国,也还真没有几个的。但细细读下来,觉实际情形大异于所知。

有论者称,徐世昌若不从政,即为国学大师。实际是便是从政了，他也还做成了国学大师，而且，他所贡献于我华民族的，远未被认识到位。

你看，他办的北京艺术篆刻学校，时下是中央美术大学。他写字，有《水竹邨人临帖》三册、《石门山临图帖》一册传世。他的书法多为行草，津门名胜，多存其墨迹。今日尚在的天津老字号"正兴德茶庄""成兴茶庄""直隶书局"等匾额均为其手笔。

他画画，工于山水松竹，"平淡天真，意趣高古；笔锋凌厉，状如削玉；诗画相映，书画同体；神韵相连，清爽不凡。"其粉墨花卉、松竹以及梅、兰、竹、菊四君子画，品位高雅，神韵仙体，在民国画坛声誉颇高。举例说，代表作《晴风露月四竹图》，就极为出名，人称："画中晴竹，振雨露声；风竹摇曳飘洒，露竹沐甘浸润；月竹清漪宜人，为竹作中之精品。"他的书画作品还曾在中国许多地方和日本等国画展中展出。

当过大总统后，徐世昌在北京的班大人胡同设立"徐东海编书处"，编书很多，质量都还不差。

于是，他有了文治总统、翰林总统、诗画家总统等诸多称号。

其实徐世昌，亦凡人也。

徐世昌的祖父默默无闻，父亲徐嘉贤曾参加镇压太平天国的战争，只活了二十五岁。父亲死的时候，徐世昌七岁。孤儿寡母，生计困顿可知。穷人的孩子早当家，徐世昌十六岁时，不得不做了私塾先生，教学补贴家用。当然，他从未放松过自己的学习，那是读书之外，每天一文，二诗，从不间断。后来，他又在河南各县的县署内做"编外人员"，处理文书、替官吏写稿。曾有人问他的志向，徐世昌的回答是："我日后如果能有一官半职，一定用俸禄好好招待宾客。"蛮可怜。

徐世昌一生中最重要的人，是袁世凯。大约是1876年前后，"编外小吏"徐世昌遇到了"纨绔子弟"袁世凯。当时袁世凯寄寓陈州数年，徐世昌则在陈州公署襄理文案。袁世凯饮酒游乐、指点江山、豪爽阔绰。中规中矩、谦逊稳重的徐世昌和他在一起似乎不谐调。但他们在1879年拜把为兄弟。徐世昌比袁世凯大四岁，是兄长。两人情同手足，徐世昌不时劝说袁世凯生活要有节制，要注意言行，或听或不听，但袁世凯对徐世昌的劝告却铭感在心。

陈州公署小吏席锦全看好徐世昌的发展，把自己的妹妹许配给了徐世昌，还把自家大部分的家产作为嫁妆送给了徐世昌。不久，徐世昌带着妻兄席锦全和义弟袁世凯的资助，进京赶考，中光绪八年（1882）壬午科的举人。四年后（光绪十二年，1886），三十二岁的徐世昌高榜登科，又中了丙戌科进士，入翰林院，三年期满，授翰林院编修一职。

在翰林院，徐世昌板凳一坐十年冷。

在大清朝，徐袁二人一文一武，一朝一野，一机智一稳健，相互交通，刚柔相济。这二人对清末民初政坛影响之深，作用之大，无与伦比。徐世昌是袁世凯发迹前的好友，发迹后的军师。他们交往中最重要的事件之一，是百日维新后期的事。康有为等人接到密诏的时候，抱头痛哭，徐世昌也在其中。但再后则是徐世昌和袁世凯的审时度势，袁世凯的临机拿捏。从此前的小站练兵开始，徐世昌作了实际上的新军总参谋长，那之后的擘画，许多成了后来中国变化的蓝图。舆论的同情在光绪帝一边，舆论的鞭笞在袁世凯一方，但是最高端的政治讲的是势力，袁世凯和徐世昌的选择，在当时不过是保留了势力，没有做无谓的牺牲而已。实际上，此前的徐和袁，是坚定的维新派。后来的徐和袁，又是改革的推动者。当然，和六君子的高尚比起来，徐、袁的行径不可以被颂扬。

徐世昌在庚子事变后获得信任。

1907年东北改设行省，徐被任命为钦差大臣，东三省总督兼管三省将军事务。其时东北处于日俄战争之中，大清的疆土被蚕食，从此徐世昌和日人结下毕生的仇恨。在东北，徐世昌全力推行维新时期所擘画过的诸多举措，开商埠，借国债，连与国，修铁路等，成绩斐然。他在东北推行新政，以此来抵制日俄对东北的控制。忠厚老实、讨人喜欢的徐世昌后来居上，官职很快超越了袁世凯。袁世凯回河南"养病"时，徐世昌已经登堂拜相了。

1908年，清朝成立内阁，以庆亲王奕劻为总理大臣，协理大臣分别是徐世昌和那桐。徐世昌俨然成为了晚清汉族大臣的领军人物。但徐世昌心里记挂着老袁，全力推出老袁，这就演出了近世中国最可称道的活剧：他们不愿与革命党对阵，采用和平方式，赶清帝下台，这避免了一场大内战，免去了亿兆苍生流血牺牲的灾难，最终达到了推翻满清帝制、创建中华民国的目的，这个决策是明智的，值得肯定。

大清的军机大臣，兵部尚书，巡警部尚书徐世昌，后来在民国做官，一直做到了大总统。徐世昌为自己，打足了算盘。

1912年2月12日，状元张謇拟定的清帝逊位诏书颁布："今全国人民心理多倾向共和，南中各省既倡议于前，北方诸将亦主张于后，人心所向，天命可知。予何以忍因一姓之尊荣拂兆民之好恶。是因外观大势，内审舆情，特率皇帝将统治权公诸全国，定为共和立宪国体，近慰海内厌乱思治之心，远协古圣天下为公之义。袁世凯为总理大臣，值此新陈代谢之际，宜有南北统一之方，即由袁世凯以全权组织临时共和政府，与民军协商统一办法。"

最后一句是徐世昌塞进去的"私货"，肯定了清廷之后便是袁世凯天下的法统。手法之高，谋略之远，令人惊服。

袁世凯出山、逼宫、掌权三部曲的导演，都是徐世昌。

袁世凯称帝之前，问徐世昌："外间劝进的事，大哥知道否？此事可行否？"徐答："我不知此事。"老袁不舍，再问："哄传日久，岂能不知？"徐说："知之为知之，不知为不知。"圆滑而硬气，袁无可奈何。隔了一天，徐世昌对袁世凯说："称帝一事，暂不论其是非，就利害言，观时察局，确难料成败。若半途而废，如之奈何？"老袁大惊，但还是一意孤行。徐世昌不在原则问题上让步，只好辞职，大退大出，在东四五条胡同家中高悬手书的"谈风月馆"大匾，表示不问政治。徐世昌在日记里留下了当日的感慨："人各有志，志为仙佛之人多，则国弱；志为圣贤之人多，则国治；志为帝王之人多，则国乱。"后来的事大家都知道，老袁在火山上被烤焦，老徐在无奈里善后，在墓碑上亲书"大总统袁公世凯之墓"，算是善始善终，全了兄弟之谊。

黎元洪任总统，段祺瑞任总理，都和徐世昌安排有关。在北洋军阀各派系的斗争中，徐世昌惯以元老身份和居间调和者的角色因势操纵。二人不久即发生府院之争，徐以北洋元老资格应邀抵京，先调解黎元洪和段祺瑞之间的权力斗争，后又调解直系军阀首领冯国璋和段祺瑞的矛盾。

黎元洪之后的 1918 年 10 月，徐世昌经皖系军阀操纵的安福国会选举为总统。他标榜"偃武修文"，下令对南方停战。

1919 年五四运动中的大总统徐世昌是难受的。五四运动没有被血腥镇压，实在说就是这位书生总统没有张牙舞爪的宽厚所致，这是需要大书特书的。坏事传千里，好事人不传，这是我们民族的痼疾之一。大家似乎忘记了他的这个大功。最初，徐世昌力图保持和学生之间的谅解态度。他既竭力挽留已是众矢之的的曹汝霖，也下令全部释放了因"火烧赵家楼"而被逮捕的学生，段祺瑞主张对请愿学生采取严厉措施，他一笑置之，仍然表示出一种要平息事态的态度。后来，徐世昌顺应民意免去了曹汝霖、章宗祥及陆宗舆的职务。再后来自己主动向参、众两院提出辞职，引起民国政坛震动。辞职书刚送到国会，参、众两院的议长就亲自登门把原件退回。而徐的政敌、在运动发生之初曾经大骂徐世昌的段祺瑞，则亲至徐宅，对徐世昌进行挽留。次日，各地挽留徐的电文也像雪片般飞来。处变有方，显现了他高超的领导技术，他钟情传统文化，高涨的"新文化运动"要打倒孔家店，徐世昌因此提倡"尊孔读经"以为抵制，他却没有采取文化高压政策贯彻落实他的"大总统思想"。和后来一有风吹草动就高调弹压的最高执政们比起来，徐大总统的立场非常难能可贵，值得万世颂扬。他在民族工业蓬勃发展、社会思想空前解放、报纸杂志言论大胆的非常时期留下了可歌可讽的胸襟和气度。他的宽容，是我们民族少之又少的文化精神财富。要是换一个人如段祺瑞，则北大校长蔡元培、五四运动的总司令陈独秀、社会主义者李大钊、自由思想的领路人胡适，都不会安全地去发明一个现代化的中国。这种宽厚，为现代中国的发展，奠定了最好的思想基础。回看后来的国家发展，还有这样的时候吗？叹叹。

1921年，中华民国总统徐世昌下令将《新元史》列入正史，与"二十四史"合称为二十五史，后来受到好评。黎锦熙称，《新元史》是二十五史中与前四史和《新五代史》并列最成功的六部史书之一。

1922年，第一次直奉战争后，直系控制了北京政府，先前的老部下曹锟、吴佩孚指徐世昌总统为非法，迫其去职，从此徐世昌退出政界，居住天津租界，不再过问政治，在"退耕堂"过起了老有所为的隐逸生活。还在袁世凯让他主事的时候，他就曾在政事堂上悬匾"后乐堂"。这次，他是真心退隐了，他与林琴南、严范孙、赵湘帆等名士组成"晚晴簃诗社"，酬答唱和，境界臻妙。

徐世昌做过九年翰林。他深谙传统文化中"政事可以及物，文章止可润身"的道理。他的饱学，是为了济世，经世致用。为国为苍生自是他的毕生追求，所以他做官。他文武兼备，他知进知退，也能进能退。他不是圣贤，但他和他的作品已具备了超凡入圣的气象。

他曾给大清翰林、南开大学创始人严范孙题诗云："诗坛酒垒厌江湖，眼底纵横见此图。花月多情如梦幻，川原有恨入榛芜。客来关辅三霄路，臣本烟波一钓徒。"高士飘然山林、深知宦途如梦的隐逸心态跃然纸上，高华磊落，舒卷自如，大家称誉其"吟咏之功，度越前人"。

在民国总统里，徐世昌是"最穷"的一个。他要弄钱，机会应该很多，但他的爱好不在这里。他的好友王怀庆，以"徐夫人胭脂费"的名义送来了十万大洋，徐世昌一怒，也不顾什么老友情意，任王怀庆等在客厅多时，就是避而不见。

徐世昌的家人也很节俭，夫人甚至穿打了补丁的长袍。每年八月十五中秋节，别人家吃月饼过节，徐家却有"扣锅"的传统。这一天，全家上下不做饭，不吃主食，体验"吃不上饭"的感觉。这是徐世昌给家人定的规矩，因为他年轻时曾经一度落魄，所以格外珍惜此后得到的生活。即使在他过世十几年之后，徐家后人依旧坚持着这条家规。

大半辈子为官，从不乱花钱，有钱就出书似乎是他的信条。除去置办的部分房产，徐世昌没有投资，他晚年把个人全部精力都投入到诗词歌赋、书法绘画、著书藏书的爱好里。他让家人在日常生活中节俭，但在著书藏书这些"有用的地方"却毫不吝惜。徐世昌的《清儒学案》《颜李遗书》《弢斋述学》《大清畿辅先哲传》《欧战后之中国》《退耕堂政书》《东三省政略》《将史法言》《弢养斋日记》《大清畿辅书征》《书髓楼藏书目》《元逸民画传》《国乐谱》《百砚谱》《古文典范》《明清八家文钞》《水竹村人集》《归云楼集》《归云楼题画诗》《海西草堂集》《退耕堂集》《竹窗楹语》《藤墅俪言》《拣珠录》《晚晴簃诗汇》等都是他亲自主持，并自掏腰包编纂、印行的。仅《清儒学案》，就有二百零八卷。他创作的诗词也有五千余首，楹联佳制则有一万余副。

徐世昌天津退居十七年的话题主要有三个：一是往日的"政绩"，特别是在清朝出任东三省总督的"光辉历史"；二是自己的诗、书、画，常以"文艺全才"而自娱；三是以自己年过八十仍身体强健，而深谙养生之道，兴会时复吟放翁诗"八十老翁顽似铁，三更风雨采菱归"而嬉。早在做贫寒士子的时候，徐世昌就崇奉吕祖，此后他一生笃信。每日早起，必先打坐，午睡后，在吕祖像前叩首一百个，天天如此，从未间断，这是礼敬，也是锻炼呢。有信仰，有所不为，有所必为，这便是翰林总统徐世昌的人生底线。

晚年，徐世昌为拒绝参加日军组建的华北傀儡政府，曾怒斥曹汝霖。1938 年初，日本人板垣师团长和特务头子土肥原贤二均约见徐世昌，仍遭到拒绝。金梁等人曾是徐氏门生，任职于伪满洲国，他们秉承主子旨意规劝徐世昌："老师千万别丧失良机，出任华北首领，这是为了老师的晚节。"徐世昌闻言愤然大骂："你们太浑！你们知道什么是晚节？像你们这样，贪于一时名利，出卖国家民族，违背天理良心，这才算晚节不保呢！"潸然泪下之余，老人拂袖上楼。

1939 年春，徐世昌的膀胱炎日趋严重，北京协和医院泌尿科专家谢元甫来津诊治。谢检查后决定，必须动手术，需要到北京住院治疗，北京有关方面也邀请徐世昌去治病，他的病情可以通过治疗得到缓解，但徐世昌担心去北京后日本人劫持，权衡再三，他放弃了，坚决不去北京。最后病情恶化，至 1939 年 6 月辞世，享年八十五岁。

当时，国民政府主席林森下令褒扬："徐世昌，国之耆宿，望重群伦。比年息影津门，优游道素。寇临华北，屡思威胁利诱，逞厥阴谋，独能不屈不挠，凛然自守，亮风高节，有识同钦……"

徐世昌去世后，棺椁寄葬于天津桃园村原英国公墓。后来根据他的遗愿，迁往辉县，与夫人一起葬于辉县百泉苏门山东侧。遵照他的想法，墓修得很简单，没有石兽石像，只立一墓碑，上刻"水竹村人之墓"。据说，"文化大革命"遭劫被毁，遗弃在今辉县卫校大院旁。另有人说，他的后人在八十年代将其遗骨迁走了。

徐世昌没有儿子，只有两个女儿。

徐世昌或许不是革命家，政治品德也或许算不上完美。斡旋运筹、挽救危亡的事他做到了，也尽管不够完美。但他一定是一个传统意义上的优秀知识分子，立德立功立言的志业是他一生不渝的信仰。他学识广博，推行新政，热爱国家，坚持和平，崇尚自然，晚节高标，官场政客和那些拥兵自重、利欲熏心、祸国殃民的武人与他相比，是理应惭愧的。


2010 年 7 月 25 日 18:28 分写毕于夏日炎炎的高温中

# 关于施蛰存

　　孙康宜曾经问施蛰存，人生的意义何在？九十一岁的长者起初报以无言的微笑，接着就慢慢地答道："说不上什么意义。不过是顺天命，活下去，完成一个角色……"这些记述在陈子善新编的《夏日的最后一朵玫瑰》里一八九页。

　　2003 年 10 月 17 日，施蛰存百岁华诞，华东师大举办祝寿会暖寿，著名词学家、澳门大学施议对教授那天对老人说，你一生"词学上等于两个龙榆生，文学上等于两个鲁迅"。"一人抵二人，一世当二世"。一生仿佛做了别人几辈子没有做好的事。虽说是敬词，却也有晚辈的评价在。一个月后，施蛰存离开了这个世界。

　　办《现代》，冒险发表鲁迅《为了忘却的纪念》，推荐《庄子》《文选》给青年读，惹鲁迅不高兴，知道鲁迅以丰之余的笔名著文，不敬，论争，赢得"洋场恶少"之名，友谊变成怨隙，却始终保有对鲁迅的敬意。鼎革后蒙不白之冤至开放时。施蛰存挺了过来，中国文人中多了一个寿星，文化史上留下了窗开四面的不老传奇。

施蛰存本身也成了一部社会史，读之，亦"非但可以博闻多识，继承薪火，亦可仰诸老辈之坚贞风度"，想往一回"旧雨新雨，相见并欢"的风流日月。

施蛰存在谈到张伯驹《春游琐谈》的时候说："1958年至1976年间，中国知识分子黄杨厄闰，大受冲击，刚烈者一死了之，怯懦者随缘忍辱，惟旷达者犹能夷然处之，不改其乐。"他还有一篇文章，题目就叫《纪念傅雷》，是在傅雷去世二十年后写的，对老友的遭际，自然感同身受，但话语已平淡了许多："我知道傅雷的性情刚直，如一团干柴烈火，他因不堪凌辱，一怒而死，这是可以理解的，我和他虽然几乎处处不同，但我还是尊敬他。""傅雷之死，完成了他的崇高品德，今天我也不必说'愿你安息吧'，只愿他的刚劲，永远弥散于知识分子中间。"情，在其中是浓缩了的。手边的这本《往事随想》，封底有施蛰存介绍性的话语："由于我个人性格急躁，没有耐性，缺乏锲而不舍的精神，再加之生活条件的不稳定，我治过许多学，可是却只走了两段路，没有完成治学的全程。因此，至今不名一家，在文学研究工作者中间，我只是一个三脚猫。我把我的经验贡献给青年学者，祝愿他们审慎决定研究课题，一段一段地走完治学的全程，不要像我一样的见异思迁半途而废。"

经历了那么多的灾难，过后是轻松自然，安定祥和，百年历程。施蛰存活出了人生的极致。

《施蛰存散文选集》的内容提要里说："这是一位曾经被曲解、遗忘的作家写下的，不会再被遗忘的作品。"《书边杂写》里，谷林老人说那是情文兼至，言短意长的句子。老人并以施蛰存用过的《我的爱读书》标题为题，谈说施蛰存的书。为了这个，我找齐了施蛰存的书，享受着。谷林在以《名岂文章著》为题的文章里说，读施蛰存的《唐诗百话》，"乃不觉获致一种谊兼师友的情感"。

俱往矣，施蛰存还有谷林们，让人怀想的前辈。

可是，他们的文字都在，那都是情文兼至，可以获致谊兼师友情感的文字。可惜些的，是看不到《施蛰存七十年文选》里说到的精品了："'文化大革命'前期，我在'牛棚'中每日写的'日记'，由红卫兵收去贴在学生宿舍楼下的大黑板上，惹来了许多学生的'欣赏'。那些只占抄本簿两页的文章，可能有不少很妙的小品文。"现在读到的，是《昭苏日记》《闲寂日记》。

施蛰存的小品文究竟有多妙？这里抄《匹夫无责论》来欣赏：

> 顾炎武是一个明朝的亡国遗民。明朝之亡国，没有人要顾炎武负责。可是他却心血来潮，说了一句替昏君、暴君脱罪的话："天下兴亡，匹夫有

责。"四百年来，有不少"匹夫"，把这句话奉为座右铭，俨然把"天下兴亡"的责任放在自己肩膀上，人人自以为"天下兴亡"的负责人。

我，也是一名"匹夫"，却实在想不通。看看历史，天下兴，是尧舜、禹汤、文武、周公的功劳，也说不上责任。天下亡，是桀纣、陈后、隋炀、宋徽的责任，自负盈亏，都和"匹夫"无关。

匹夫既不能兴国，也不会亡国。天下兴亡，对匹夫来说，只是换一个奴隶主罢了。然而竟有许多匹夫，吵吵嚷嚷，要干预天下兴亡，自以为天下兴亡，少不了他们。结果是天下既不兴，也不亡，而匹夫们却死的死，逃的逃了。因而我曾赋诗一首，曰：

天坍自有长人顶，玉碎宁劳瓦块伤。

冬去春来成岁序，匹夫何与国兴亡？

他的妙语多，我，是见了就想记下来，可是办不到，就再抄："孔孟思想，是一种思想呢，还是两种思想？天下没有两个思想相同的人，孔孟思想，毕竟还是两家。孔孟、老庄、申韩，都是被司马迁硬捏合拢来的。他们原来都是自成一家。"他是洒脱的，比如，谷林对陈子善编的《闲话周作人》，以"闲话"说知堂颇为不满，说是不妥，他可好，来了一篇《闲话孔子》，并且说："于是，我老了。重读《论语》，进入第三个阶段。我发现孔子并不是什么伟大的'圣人'，也不是'思想家'，也不是'哲学家'，他只是一个政客：在春秋战国时代，几乎所有的知识分子都奔走于王侯之门，献策求官，孔子也是其中之一。"还有的就是赋得永久的"疑"："我怎么能说永久？""哪有永久巩固地安定团结的国家？""我不信世界上有能治百病的万应灵膏。"这些都在同一篇文字里。

他在《收获一九九二》里说到廖沫沙的时候说："此人胸襟十分宽宏，气度十分高朗。想不到文化大革命居然会培养出两位幽默诗人，一位是散宜生，一位是廖沫沙，他们都活下来了。"施蛰存也是胸襟十分宽宏，气度十分高朗的人，也活了下来，还活得很好。他怀疑，他博学，他"窗开四面"，东窗文学创作，南窗古典文学研究，西窗外国文学翻译和研究，北窗金石碑版之学。苦难生涯，反而造成一代奇人。

他是明白自己的责任的，他也寄希望于后来人的明白事理。他在写给杨迎平的信里说："文史哲学者，是一个时代的文化精神所寄，没有这些人不行，有这些人而不用或不起作用的也不行，高等院校的文史哲教师必须自重，了解自己负有祖国文化的历史任务，万不能因物质生活条件不好而放弃自己的职责。今天，我看得出来，了解自己的任务的高校教师，是不会下海的，已经下海的，证明他们本来没有能力继承或创造祖国的文化。"他几十年蜗居斗室，活动范围受限，可是他的学术研究从来也没有停止，他给后人留下了好样子。李辉在《人生扫描》里评说施蛰存："对于他这样有成就和经历的人，功名于他的确是非常淡薄的，显赫也好，沉默也罢，任何时候他从没有停止过他的文化创造。"

斯人难得，沧海有珠，千年局外烂柯山。《施蛰存文集》展卷之时，想到那些过去了的，不禁心驰难抑，这些过去了的，都是美好的回忆吗？


2009-3-29 此日三月三，是修契事也的日子，天朗气清，惠风和畅。朝山归来，友谊朋侣，续得文章。

日之夕矣，乐生书香

# 《文心书影》序

　　1983 年出生的张家鸿很年轻。人生好景，正是风华正茂的好时节。有什么资本，能比年轻，更金贵呢？

　　然而，又有谁没有年轻过呢？年轻的张家鸿不同于别人的，是他特别爱读书。同吃饭一样，读书不消化，多了也会噎着。所谓学而不思则罔是也。家鸿的特点，是他一边读书，一边消化，一边受用，还取得了很好的效果。只有三十岁的家张家鸿，读书教书写文章，学生欢迎，同事赞许，现在他将文字聚拢，分题"书林杂谈""岁月回想"和"癸巳年读书记"，结集为《文心书影》出版。

　　家鸿读的书多。沈从文的小说，何兆武的《上学记》，蔡元培、孙犁、巴金、钟叔河、董桥、启功、黄永玉、沈从文、新凤霞、刘再复、余秋雨、陈平原、姜德明还有梵高，都是他阅读的对象。我熟悉的友人中，王稼句、董宁文、孙卫卫、俞晓群、自牧、钦鸿、姜晓铭、阿滢、马国兴、周立民、文彦群的书，他也都收读着。笔底波浪，胸中丘壑，读书人心里的热望和气脉，家鸿找着了。

张家鸿读书，有一个很突出的特点，是把书读旧读透。我和家鸿，至今没有见过面。我们的熟悉，是通过书。拙编《水西流集》出版后，张家鸿寄来了一本。是他买了读后，寄来让我题签的。看着书上一条条的批注，一页页的手迹，我深为这本书找到了一个喜欢自己的主人而高兴，于是写下了题为《千山千水寄书来》的文字来述说。

家鸿对买来的每一本书，都用心读了。随兴圈拉点划自不必说，他还写下了大量的读书笔记，是不动笔墨不读书了。《水西流集》里有《书不必多看》一篇，家鸿似乎看得格外认真，圈点也多。天头上，他写下了下面的话："读书需融会贯通，把小溪小河汇成大江大海。"这个宏愿发得很大，对读书人来说，这应该是一个方向。

读着家鸿的书稿，我被深深感动了。这样好学的青年教师，半年多的时间里写下了十余万字的书稿，仅仅用才华横溢来形容，是不够的。他教了七年书，学然后知不足，教然后知困，于教书课生之余，青灯黄卷，写出来的文字，有其难得的成分。还在上初中的时候，十四岁的张家鸿就去了惠安净峰寺，"于其间的弘一法师纪念馆徘徊许久，不忍离开"。弘一法师舍利所在的清源山弥陀岩，是他人生燃灯的地方，有书中《此心安处是吾乡》的动情文字为证。念佛不忘救国，救国必须念佛。青年张家鸿，应自是不能完全领悟法师的境界，但他受仙风道骨的熏染，却一定为自己的文字注入了灵气。这是佛家所说的慧根吗？弘一法师是中华文明里璀璨的灯塔之一，得其照拂者有福，张家鸿，是福缘匪浅的有缘人。

书到今生读已迟。家鸿的文字，让我想起自己读书的过程了。大凡爱书的人，都有大体相似的经历，都有赖在书店里看书，都有从母亲手里要钱，买书看书做书架，直到插架盈室的过程。只是家鸿写出这份福缘的时候来得格外早，文字又写得质朴，写得好。他没有多说自己为什么于爱读之外也痴迷于写。但这正是张家鸿之不同于一般人的地方。他的写格外勤，也格外多。我甚至想，是勤于动笔，才成就了一个别样的张家鸿。多读自知，多写自好，不知疲倦地读和写，在读和写中思索，提高是必然的。通常情况下的著述，应该是五十岁左右好些，那时阅历和经验，就差不多趋于成熟了。然而家鸿的文字告诉我，三十岁的文字也可以这样好。套一句旧书里的成话，便是"无它，心地善良、勤于读写耳"。

张家鸿生长在惠安的农耕之家。父母亲日出工作，日没而息，辛劳厚道，生活艰苦。张家鸿感念父亲受伤住院，母亲勉力撑持的那一份艰难和苍凉。他是家中的长子，生活于他是厚爱的，他可以用特别的责任去感觉那种不言而喻的亲情，他可以观察母爱赐予每个儿女的福气。他多次说过母亲的教育，说过母亲在家里的顶梁柱作用。许多年前，我看过一张题为惠安女子的画，贤惠温柔也朴实勤勉，多少年过去了，那模糊但久远的印象，至今忆念，还无法淡忘。张家鸿成长在母亲的慈爱里，幸运地坚持了自己的读书爱好，不论生活多难，也要成全儿子读书的母亲，就成了他奋发努力的强大精神动力。渗透进家鸿文字里的良好心态，正是这种成长的一个印证。大孝养心，家鸿的书，是慰藉母亲白发最好的礼品吧？

《文心书影》是张家鸿的第一部书，是他而立之年的一份读写录。他的身上有农家子弟最可宝贵的诚悫品质。我常常念及杜甫的诗句，还愿意和家鸿再分享一次：在家常早起，忧国愿年丰。家鸿年富，在读书精神的指引下，还该有多少个半年多，会写出多少部书呢？我满怀信心地期待着。是为序。

2013 年 11 月 17 日傍晚录出，19 日夕照中改定

# 诗心似火映朝霞

## ——《野蛮生长》序言

我喜欢诗，更喜欢意气风发、向上向善的诗。爱诗的人，会多出许多精神。写诗的人，人生会生长出许多精彩来。

诗言志。作为当代大学生，包义龙、魏发发、周凌霞、王伟、邢耀龙、贾锐、杨存恩、赵炳鹏八位同学的诗作，真实地反映了他们所经历、所思索、所向往的生活。兴观群怨是诗歌创作中亘古常新的传统，在大学生诗人的作品中，年轻人火热滚烫的心气是荡漾着未央的特质。吸纳了传统又涵养了新意的青年诗人们，为我们捧出的华章，是这个酷暑天的上好的消夏之品。

诗歌是属于年轻人的，没有年轻人，诗情画意就似乎无从说起。当代的高等学府，不仅培养了优秀的大学生，也培养出了优秀的诗人。河西地区与河西学院，会因为学子们的成就而骄傲。

包义龙已经是在许多家报刊上发表过作品的诗人了。他和同学们实际上也代表着当下河西地区年轻一代新诗创作的水平。《夜曲》里的句子，应该是他人生的底色："阿婆让风儿来看我 / 带着一纸紫丁香 / 她说，孩子 / 天亮的时 / 有一枝丁香花荡在湖中央"。在这份有着深厚情意的思绪中，包义龙开始为自己色彩斑斓的人生着色了。

包义龙当然读诗，只是他的读法和别人不一样，比如他读海子，读出的便是这样的感受："十万座大山 / 流淌十万条海子"（《迎着春天，纪念海子》）在他的眼里，黑夜的心里也别有想法："有一天，他可以在世为王 / 娶一世韶华为妻 / 厮守黑夜与荒诞"（《黑夜之歌》）。

读到包义龙《行四方》的时候，人生之五味杂陈，就飘然而至了："向南，走到故乡，祖父的坟丘 / 他的睡眠在黄土下，薄如蝉翼 / 向西，走到塔城小城的右手，拥抱伟人，俯仰城堡 / 向北，走到心灵的故地 / 我迎风而立，目睹牧人空对只有一只黄羊的草场 / 向东，走到甘州 / 我的爱人，她翘首祁连，向我倾吐 / 雪山的情愫"。

在包义龙崭新的年轮里，有如许清新的画卷："夜梦来路，麦色青青 / 一盏浊酒。/ 须如雪，发如霜、且寰牧羊人，对话夕阳"（《红与尘》）。

叹息中展卷，心里不禁感喟：朋友，你会意了么？

贾锐的诗深富哲学意境，他那首《一样》，给我留下了深刻的印象："我长出一千只眼睛 / 用来悲悯 / 一千只手臂 / 用来干预 / 后来我梦见一个妖精 / 那么多嘴脸 /

跟菩萨一样"。疑，是人生进步的阶梯。贾锐之梦，或亦人生进步的新境。他对生活，对人生对梦的思索，都不是单薄的。

而王伟写《梦》，则另有情致："你总会偷偷在夜里跳进我的世界／那个没有一丁点光明的时刻／你总是笑的那样灿烂／是支深深的窑洞里的煤油灯／你总是啥都不说／我问你的一脑子的问题／你总是那样灿烂的笑"。"紧紧握着给我温暖的手／不光是为了温暖与光明／你我紧握手奔跑在黑夜／去你渴望的高山／我热爱的大海／有你，我不再惧怕"。这妙曼美好的意境，在歌唱美好情愫的时候，也写出了人生的奋进和历练。怀揣着如许梦想，前行的人们，自然会写意而踏实。

王伟对天山、对学校周边的平山湖、黑水国等张掖遗存很是关注，也写出了好的诗歌。这既是大好河山灵气所钟，也是山川有福，感得诗人灵感迸发。山河而外，诗人写下了不羁而豪迈的《自画像》，他说："找一个宽阔的地方／放下我一切的包袱／在冬日的阳光下我有我的事／我看见到处的人为我鼓掌"。这时候，"头发的蓬乱与茂盛／衣服的破旧与漏洞／嘴唇的裂痕与干涸"都已成分过去式了。我想说的，是在诗人心思所及处，那份对生活的热望和期待，显得何其珍贵。

在诗人邢耀龙那里，所见所历，无所不诗。他向前，他思索，在他的精神世界里，一切都是那么深厚。

《姐姐的头发》里那个小外甥的看见姐姐的好些发丝掉了，他的哭说在天真中很是诚实，真实中有岁月的沧桑："他又一次泪如雨下'可是舅舅，棉花是白色的／明年妈妈会长出白头发！'"《父亲》中的句子，宛然是从《诗经》里走出来的："六月，我在张掖　你在瓜州／七月，我在通渭　你在瓜州／我知道，你想念邢家河／也想念爷爷和我"。那是父亲的造像啊："和庄稼站在一起／紧紧盯着麦子和谷／双脚插进黄土里／将自己站成一株耐旱的庄稼"，几千年了，也没有变化？而这尊雕像，是邢耀龙凿出的。诗人在《邢家湾》里说："日出而作，日落而息／这是邢家湾的日子"。"当我想写首诗／记忆像小时候穿布鞋的脚面／一半是白，一半是黑"。

在诗歌里，邢耀龙想念着厦门求学而贫血的姐姐，他说每一个诗人，总会有一首叫《母亲》的诗。然而在《苦水河》边，吟诵着自己和诗歌的诗人，带出的应该是无穷无尽的希望。感动着的我从心底里为他和他们祈福：天下太平，百姓康宁。

写过《静听心声》的杨存恩，写了许多首给朋友的诗。那首《致黑夜》，写的不一般。他说："黑夜的黑类似于太阳的白／它的表象，旷野无人／黑夜的存在／与时间无关，与空间无关／闭上眼，你会看到／星星眨着善良的眼睛／山水草木慢慢向你靠近／爱与不爱瞬间闪现"，读着诗我曾想，朋友和亲人们的眸子，都是那些星星吗？过去的还有现在的，都是吗？都找得到对应点吗？这很别致。原本无趣的景观，因为所有这些"闪现"，而活起来了，亲切起来了。诗人捕捉到的那些个瞬间，帮我们大大升华了人生。

赵炳鹏也是有成就的诗人，许多刊物上有他的作品。很喜欢他那首阳光灿烂的《遇见》："夕阳把微笑洒满大地 / 洁白的绵羊 / 像一朵朵白云 / 从路的深处飘来 / 一只年轻的小羊 / 不顾母亲的劝阻 / 和田埂上的陌生人 / 说了一句意味深长的话"。观察入微的诗人，用自己的笔触，记录了一个动人的场景。《村庄的夜》很唯美，要紧的是人们都熟悉的心意："收割了一天，村庄累了 / 穿上一身月光 / 安静的睡了 / 星星是挂在天边的微笑 / 回想过去故事 / 爷爷奶奶，用镰刀收集月光"。诗人说过："我一直想着，能够找到我生命里的诗歌。热情善良。"我想他是找到了的，要不然，他如何写得出这样的作品："当月钩一样的镰刀 / 把根和善良分开时 / 麦子没有哭，它对收割人微笑 / 惺惺相惜"（《掠过田野》）。

怀着迫不及待的心情，我读周凌霞的诗。那是一个如田野般美好的女孩儿。她在《夏日的香气》里问过："母亲会不会年轻一些 / 笑容会不会甜美一些，持久一些"。她《仰望》："不断仰望，仰望蓝天，仰望云朵 / 仰望脚下的土地，甚至 / 每一棵种子萌发的瞬间 / 躺在草的怀抱里，栖息在树的枝桠上 / 宛如一只小鸟，飞来飞去／散布花香和绿意"。我甚至想，那些生命里不绝如缕的苦滋味，有了诗意后，全都会化作诗行，涌到了她的笔下。我愿意称引她蛮有禅意的《自叙》：

你是不是也会在某个炎热的午后想我
被太阳的光芒刺得满眼泪水
你会不会也坐在某个角落，面对天空看变幻的
云朵

我笨拙的神经曾这样想念过
芍药花开得一片绚烂
密集的花朵也可能变成茫茫花海
恍惚间，会忘了周围坚硬的建筑和砖瓦、水泥
光线斜射过来，把远处的一棵树照得亮晶晶

我想为你描述那些神奇的光线，那些绿
还有芍药花的惊艳和芬芳
我想指着天边的云，从不同的角度为你描述
就像飞鸟认识了沉鱼

　　她去过新疆的塔城。她在去喀浪古尔河桥的路上写下过《快乐》。诗人心细，看见街上小地摊上卖烤土豆片的一对夫妇了，"当女人把炸好的土豆片和调料拌好

的同时／男人轻轻递给女人一只一次性碗／我在旁边看着，热泪盈眶"，她挥笔写下了《那是一个温馨的傍晚》的美好诗行。那对夫妇不知道，他们走进了一个诗人的眼眸，她的笔，为他们写下了永恒的瞬间。

之所以最后说到天水女孩魏发发，是因为在我看来，她是这一组诗作结集的组织者。她的《浅秋》、《黄昏，和别的》等诗作在《飞天》杂志上刊载过。要是没有魏发发热心的催促，我这篇文字或许就写不出来了。有时候，人的懒惰是很可怕的。读年轻学子们的诗，是人生最美的享受之一，然而俗事丛集，又常常会使诗意化作云烟。诗人的《枯藤》语境，庶几近之："在你不知道的／粗糙的／太阳照不到的心底／他的血液／正开着苍老的花"。在书写论文的时候，魏发发细致地字斟句酌，最后呈现的是厚实而灵动的文思。从诗里看，她更显得灵性而丰润。诗心似火映朝霞，读着充满青春气息的诗卷，心里感念这个夏天的美好。这个诗歌群落，该是河西人文此时此刻最美好的收获了。

掩卷而乐，我庆幸和这些青年们在诗意中结缘。和花样年华里的同学们谈诗论道，我仿佛也回到了阳光灿烂的时代。"老夫聊发少年狂"，且读且欣赏，录出点滴感想，为诗界新星助兴，为同学们的成长祝福。

2015 年 7 月 5 日午后完稿

# 以善为师　以书为师

——《喜欢阅读》自序

2013年将要过去，新的一年就要到来。想和不想，走的都要走，来的也要来，无关乎人的性情，也不关事的发展。既无可奈何，也欢欣鼓舞。

说说展望吧。新的一年里，学问会增多，年龄会增加，认识的人，要做的事，都会更多，这是好事。更好的事，应该是收入应该会增多一些。不过多和少，也没有啥。多有多的难处，少有少的快乐。钱，那是永远也挣不完的，而花，应该永远也会有。人生在世，大家都在挣钱，在花钱。谁也没有闲着。多了多花，少了少花，惜物惜福，就是有福。

且先乐着。乐与不乐，日月都要经天，江河也要行地，何妨快乐着。如何快乐？最好是有一个信仰。有了信仰，就会多拯救的力量。近来看书，觉得六信蛮有意思。何谓六信？说是信自、信他、信因、信果、信事、信理。相信自己，本来无一物，何处惹尘埃？相信别人，世上好人多，何况众生，本来是佛啊，要相信大多数人是好的，大家都会帮助我们的。要相信因果。有因必有果，谨慎着，周全着，清白着，小心驶得万年船，小心无大错，只要小心，就连红灯也不闯。要相信事出有因，存在的就是合理的。存在的就是合理的吗？要是不合理，就存不住啊。信为道源功德母，要近道，要进步，无信是不行的。人无信不立呀。呵呵，原来信，居然是如此地要紧。不但要信，还要诚信。如何诚？过去是要磕头作揖请的，现在不搞这个了，就是磕头作揖也不灵，那么就修心，打心底里做起来吧。如此说来，快乐其实也简单：不假外力，本自天成。我的快乐我做主，且举杯，共祝愿：心想事成，吉祥如意。

说过了快乐，该说幸福了。幸福也是自己的事。按活到了九十九岁的方于教授的意见，要为多数人做事。在做事中，快乐就来了，幸福也就来了。感恩和珍惜不仅仅是心态，那是智慧，有智慧的人，还能少了幸福？缘境无好坏，幸福只唯心。相随心转，福从心来。一个要好的朋友曾说："对于任何来找我的朋友和学生，我都会'应酬'，我宁愿自己不去写作论文，也要搁下笔来，去和他们吃吃烧烤、喝喝啤酒。有几次在夜里酒馆小酌之后，有些学生说他们的人生将要改写。我自然无意去改写他人，劝其独立撰写人生，但留出些空闲，做一些这样的'应酬'，甚至我从他人的身上，也学到了很多很多。"我说，此菩萨心肠也，所谓功德无量，颂的正是这类事。这当然都是真幸福。自然，此些小酌，都是我的朋友自掏腰包请同学们客的。"乐其友而信其道"，我也愿意向朋友学习，做一些力所能及的事，幸福自己也幸福别人。

三年前，我引过陈老莲除夕夜写下的话：但愿明年吉祥事，各人多读数行书。读书就吉祥吗？不一定。但要再问一下，还有什么比读书更好的？就不好说了。万般皆下品，惟有读书高。老调重弹，算不得高明，但无法之法，也算是一法。呵呵。

正要收尾，有学生送来自制的新年贺卡，上写"主善为师"，这是《尚书》里的话："德无常师，主善为师。善无常主，协于克一。"后来晏子说，以善为师者无憾。我同意晏子的意见，书此为祝，不亦宜乎！

以此为新年献词，祝福自己，也祝福朋友们。

2013 年 12 月 30 日

此应天涯社区闲闲书话清扬版主之约所写之新年献词也。

2014 年 1 月 1 日，有《元旦试笔》诗之作，

略云："不嗜烟酒不嗜茶，诗书万卷福我家。

天命之年余何事，自开心颜种莲花。"《爱读书集》付梓，

算是马年春天一乐事也。再添"以书为师"数字，

移置卷耑，以代自序。2014 年夏历四月初八日又及

# 《水西流集》自序

2009年11月27日，我在博客上写了记录金陵雁斋主人书题《弱水读书记》的文字：

接到南京大学徐雁教授来函，云"昨晚方从教研室取回题赠新著《弱水读书记》"，心怀有感："江淮今日，雾锁南北。午后从容浏览尊序。君所谓'适心快意读书法'，吾心日同也。教书而读书，最是吾辈天职，可惜同道乏人，古调难鸣矣。学海无边，自一瓢而二三瓢，可知先生愈饮愈欢当至欣然之境而鼓之舞之矣。书此为祝，兼谢赠书。"徐雁有言，为我们民族的跨世纪发展培育下千万个"读书种子"。从先生所领之军，发读书之愿望，做一个新脉望，生活于书林，亦快事也。勉之。

岁月匆匆，2012年的春节也已经过去了，心愿依旧。

书斋里那册流沙河先生题签的《再说龙及其他》毛

边本，裁开来读了数遍。借先生用过的词说，是日月跳丸，千余次了。常翻常新，感动时有。

八十二岁的著名国际政治及美国研究专家资中筠先生，岁末给友人写了一封信。在深忧当代中国"祸在萧墙之内"之余，说她每没见到"在方今熙熙攘攘之世仍有人有所追求，有所坚守，不计利害、安危，执着地为百姓的权益鼓与呼，破谎言、求真理，为社会正义、民族振兴脚踏实地、见缝插针地做着有益的事，都感到欣慰，升起希望，乃至肃然起敬"。做不了先生所期望的事，但在家常早起，忧国愿年丰的行愿总是葆有着的。于是常常涂抹一些心向往之的文字。蒙读者朋友厚爱和鼓励，尚能出版，真是幸运。

这些文字多的曾在在《博览群书》《杂文月刊》《开卷》《藏书报》《悦读时代》《海南日报》《日记杂志》《太原晚报》《温州日报》《甘肃文史》《文化兴化》《清泉部落》《温州读书报》《太原晚报》《书脉》等纸媒上刊载过。当然，也在博客上和大家见过面。数十万的朋友，以"即金钱"的时间来看无用的我的文字，想到就觉得温暖。

随园主人袁枚说过，文字之交有甚于骨肉妻孥者。《随园诗话》云："万里之外，交生情，情生文。存其文，思其事，见其人，又可弃乎？"笔者两百一十余年后在随园故址读其诗文，述其往事，想见其人，亦人生难得之境也。乡居有幸，得值善友，上上之善也。赋诗论文，自不可妄与前人比，但友情之享，或有过前人处。

余与读书诸君，君子之交也，其淡如水，不尚虚华，以义相择。其人贤，其言雅。往来如春风拂照，欢欣无限。昔人云，若无花月美人，不愿生此世界。予益之云：若无翰墨友人，人生必也无趣。以书会友，与读书人天涯比邻，交游谈艺，亦人生化境，智者所欣。

拙编面世，同好辄相赏玩，会心多有。援笔著文，予以称扬，虽云谬奖，情真意实。凡数万言，用力至多。予不敏，然铭心感佩之念，亦自久萦。

西域之水多向西流。弱水，是其大者，流过故乡而向西向北，成其敦煌与黑水文明。在瀚海绿洲丹霞流彩中读写，并看长河落日圆，是人生一大乐事。

此集，即上述生活之映照也。

2012 年 2 月 5 日晚间写出，时为元宵节前一日，

街灯明艳，华彩流光，置身其间，

不知在天上还是在人间

# 附　录

## 西去张掖

棱子

　　我知道甘州，西凉。知道霍去病在河西走廊大败匈奴。知道万国博览会。知道火焰山。知道《霓裳羽衣舞》源于西域。但我不知道他们与张掖有关。

　　六年前，第八届全国民间读书年会在成都闭幕。人去堂空之际，他挤过来与我告别，请记住给我寄《百坡》，"甘肃张掖四中黄岳年"。张掖的"掖"，与人体有关吗？他笑着说，"张国臂掖"是比拟呢，以通西域。每期《百坡》出刊，我都会给这个干净的读书人寄书、约稿。

　　六年后的大暑，我们成都团一行六人，坐上了西去的列车，深入河套地区腹地。一路上，小唐摆开茶席，把龙眼酥、牛肉干、啤酒，晒进"第十四届全国民间读书年会"微信群。群里的热闹，撩起了张掖的一角。我们正在一点一点靠近，靠近我向往的久远。

列车比我们还着急，提前两小时到达。我们兴奋地跳下车，把一整箱"三苏牌"龙眼酥，留在了车上。也许当年的苏辙出使契丹，并未在张掖停留。

迎接我们的是一群大学生志愿者。凉爽的张掖，给我的第一印象是踏实。先到一步的崔文川，热情相邀吃酸奶。他不停地说，这里的酸奶太好吃了。奶好，皆因牛好。牛好，皆因牧场好。

我知道焉支山下有皇家军马场，我们却去了裕固人的康乐草原。高天不云，若水无喧，草原绿到没有一朵花的点缀。洁白的哈达，飘香的美酒，英俊的小伙，动人的歌声。我就站在队列一旁，看不够、听不够。诱人的草原大餐已恭候多时，手抓羊排，吃得我满嘴流油。好不容易等来了酸奶，每人一碗。崔文川吃了三碗。

第二天早上，去张掖图书馆，路过大佛寺广场，一支很有西域风情的舞蹈吸引了我们。我没想到张掖的广场舞，会这么专业，优美，韵味无穷。风中猎猎的读书会会标，是她们阔大的幕布。等晚上看完《甘州乐舞》，再去广场寻找，哪里还有她们的踪迹。但我记住了被《甘州乐舞》演绎得美轮美奂的"半城芦苇，半城塔影"。

浪漫的张掖是具象的。七一冰川是1958年7月1日发现的，就叫"七一冰川"。北凉时期的马蹄寺"三十三天"石窟群，用了佛教的吉数。扁都口的"十万亩油菜花"是自驾者的梦游天地。旁边的沙漠体育公园，是国际赛车场，年年的中国汽车拉力锦标赛，都在这里比拼速度，燃烧激情。雄奇的丹霞，则默默挺立荒原。在张掖，除了海洋，想看什么就有什么。

我们租车去马蹄寺。出城不久，细雨渐停，浓雾突然袭来，能见度不足百米，仿佛回到成都。张师傅车开得好，脾气也好，懂川话，一听惊呼，就停车，等我们疯个够。隐隐约约的向日葵又把我们招下了车，像一群火焰山的妖精出没。西游再现。

两小时后，我们手脚并用爬上"三十三天"，已是艳阳高照。每个洞窟的佛像就在伸手之间。可以对视，可以默语。这里没有功德箱，没有敲磬的和尚。偶尔会在点灯处，看见一个随意敞开装钱的纸箱：点灯10元。而在大佛寺内，佛像旁均有一小牌：礼佛得福报，无须奉钱物。深得我心。

但在"三十三天"，我数次点灯。不为求佛，只为致敬。向这些恢宏巨制的艺术珍品们致敬，向创作了他们的先民致敬。

在文殊寺，清代冯琳画的文殊，是生活化的，有点魏晋风流的意思。让人亲近，过眼入心。而我拥有的一幅成都锦官绣的五彩锦文殊菩萨像，是张大千摹敦煌莫高窟的，骑着青狮，光环饶头。是神。

在张掖的壁画上，猪八戒是个勤劳实诚的小伙子。张掖人用祁连玉制作的猪八戒摆件，特别招人喜爱。张掖的高台县、流沙河是早于《西游记》的。我们在张掖特产店里遇到的小伙子，同样实诚得喜人。"这核桃是去年的。新百合九月份才出来。"成捆的书，塞满了我们的行李箱。一大堆特产只好交由小伙子寄往成都。

大会结束，我们挤上了回家的列车。下铺是一对父女，父亲赤着上身，汗流浃背地把酒塞进床下。女儿催他穿衣服。父亲叫她别在车上做作业。女儿说，我再做半个小时。我趴在上铺，翻看完黄岳年送我的《护身根本经咒全部》。请姑娘把水杯递给我。她问，你是老师吗？我说，你是四中的吗？是的。

我又问，黄岳年曾经是你们的校长？姑娘点头，是的，现在是图书馆馆长。

你们去哪里？天水。

那个入诗的天水？李白杜甫的天水，伏羲女娲的天水。

姑娘笑了。

2016 年 10 月 31 日于眉山

# 一个踏实诚恳的人

子仪

 

没有到过张掖的人，根本想象不出张掖的神奇。

刚到张掖时就听说了，除了大海，张掖什么都有。这话乍一听，觉得不可思议，甚至心里在暗笑，张掖人真会说大话，但到过看过之后，才知并不夸张，张掖就是这么任性！

首先映入你眼帘的是宽广的平原，透过一排排挺拔的白杨树，田野里是一大片一大片的玉米，甚至父母家里也种了几株玉米的我都认不出这就是玉米，一个同伴还坚持说是高粱，呵呵，只因为我们没有见过一大片一大片的玉米吧，于是眼睛就虚化了。张掖，于是有了塞上江南的美名。

张掖最绚丽多姿的是丹霞地貌，未到张掖之前，我们已经见识了图片中的丹霞地貌，去了之后，起初觉得并没有我们图片中看到的漂亮，但走到最后一处景观时，情形大变，色彩艳丽之处，一点不比图片逊色，其壮观，其炫丽，有一种震撼的冲击力。原来，图片再修饰，总比不上现实带来的冲击力撼动人心。张掖，我已为之叹服了。

张掖也有沙漠，但是翻过一座山，就能见到无边无际的空中草原，草原上有湖泊，那么柔美多姿，让人流连忘返。张掖还有种植了大片芦苇的湿地公园，还有常年冰雪不化的祁连山，还有森林公园……张掖真是说不完的。

这只是张掖的自然景观。张掖还有神奇的人文景观，黑水国、西夏国寺大佛寺、丝绸之路等，给人带来无限遐想。但这只是古代的张掖，在今天，不能不说一个人，那就是被吴浩军教授称作"河西第一读书种子"的黄岳年。

我和岳年兄认识于天涯博客。当时我们很多人在天涯博客筑小巢，闲来常常东窜西窜，于是认识了一大批文友书友，那种天涯若比邻的感觉真是新奇。就这样自然而然中，我与岳年兄认识了，彼时我们都有自己的书赠送过对方，我得到岳年的赠书是《弱水书话》。从书里我更深地认识了这位爱书人，我读他一篇篇的读后感，可以看出，读书是他永恒的主题。西北的读书环境应该不如我们这边好吧，但爱书的心在岳年那里一点也不逊色。当时他还是一个中学的副校长，我想，他在教学之余手不释卷的样子必定影响了很多学生，那是一种潜移默化的影响，我很为那些学生感到幸运。

2010年在成都举行的第八届全国民间读书会上，我和岳年兄第一次见面，同时第一次见面的还有也在网上认识已久的朱晓剑兄。晓剑虽然比我们都小，但看上去老成，我就把他当成年龄相仿的朋友了。因为还有了几个熟悉的朋友，我虽然第一次参加读书会，也并不感觉太陌生。那次读书会，岳年给我留下了很深的印象，他常在人流中穿梭，与书友交流、留言、合影，请流沙河先生题词等，能看出他的满足之情。爱书之外，我感觉他的脾气又极好。记得那次，岳年、晓剑、文川和我，一行四人从三星堆遗址出来，我们走错了大门。那时的我们又累又渴，太阳又刺眼，那边来电话让我们去另一大门上车，我说走来走去又找不到门了，不如让车过来接一下嘛。岳年马上打圆场说，没事的，没事的，我们走走吧。在岳年的带动下，太阳底下我好像并不觉得热了，原来话语的力量也是蛮强大的。

岳年也是一个非常热心的人，曾经我和简儿、草白印过几次《映雪集》的自印本，他看到这个情况，先是写了《梦之仪和嘉兴三秀》（当时我用梦之仪的名字），在古农老师所在的《都市文化报·书脉周刊》上刊出，不久，因为岳年的推荐，便有了我们三人文章再加上周立民老师写我们三人的文章，共计两个版面的文章在《都市文化报·书脉周刊》推出，那是2013年的事了。

今年的民间读书会，我们到岳年的地盘做客。迄今为止，我前后参加了五次全国民间读书年会，我看到，活动最多的是岳年组织的张掖读书会。他居然在同一时间内同时组织了多场活动，这里有陈子善老师讲张爱玲，有周立民老师谈巴金，有陈克希老师谈古籍，还有新书发布会、图书馆分会等。这其中，岳年主编的新书《我在书房等你》是特地为本次年会而编的，除此之外，又发布了多种新书，把年会活动推向的一个高峰。

作为一介文弱书生，岳年居然有能力承办起了这样一个全国规模而且内容极多的大会，实在太不容易了。那几天组织者的辛苦在我们是无法体会的，我想只有岳年和他的同伴知道了。事实上，情况比我想象的还要复杂一点，当整个活动结束我们离开张掖时，岳年在群里向大家致歉，说他那几天正好受些风寒以致身体欠佳，没把大家都照顾好，他说了抱歉的话。我很是感动，那几天来自全国各地一百五十多位读书人齐聚在张掖，我们几乎没机会和岳年说上几句话，我们对他的情况并不了解，辛苦忙碌外加身体欠佳，应该我们向他致歉才对啊。岳年让我们见识了张掖的神奇，也让我们更清楚地看到了他的本色，他是一个踏实诚恳的人。

祝福岳年和他的"金张掖"，愿将来更加美好！

2016 年 9 月

# "河西第一读书种子"

吴浩军

"河西第一读书种子"，是我送给黄岳年君的称号。

2004年秋，我去河西学院查阅资料，工作结束后，辗转联系到他。虽说当副校长有年，但面目依旧，言谈举止还是书生本色："为学问的事来张掖，不来找我黄岳年，到河西学院干啥？"嬉笑怒骂，无所顾忌，风生水起，本相毕见。

小叙片刻，即相邀家去做客。多年未见，想到他现在应该有不少藏书可供观瞻了，禁不住欢喜踊跃，载欣载奔。他供职于张掖四中，家也安在校园深处。一进大门，即见一座巍峨庄严的雕像矗立在那里——是孔子。也许是我的惊叹，更激起了他的得意："学校要修建，我提议立孔子像。河西学院也说要立，但迟迟不见动作。我们先立了，取曲阜孔府的造型。以后别人要立，也只能是亚圣了。呵呵。"

瞻仰过孔夫子像，绕过两栋楼，上到五楼，进他家，果然插架盈室。单册的且不说，印刷精美的成套的集子也不少，《朱熹集》《船山全书》《黄宗羲全集》《袁宏道集笺稿》《吴梅村全集》《钱牧斋全集》《剑南诗稿校注》，等等。巡视一周，坐下来品茗，话题的中心仍然是书。因我在做河西古旧方志研究，正四处搜集相关资料，话题自然地转到这方面来了。他引我到阳台，打开窗台下暖气片上的装修，里面竟然也是放书的地方。兴之所至，他当即赠我几本他参与校点过的张掖旧志，给了我一个大大的惊喜。我也乘机又将他的藏书检索一遍，看到有重复的藏品，又顺手抽出几本，弄得他豪气顿失，赶紧关了书柜，拉我到餐桌前坐下，以酒肉飨之。我却不肯罢休，仍念叨着其中的几种，说以后可能用得着，并嘲弄他："俗话说，不怕贼偷，只怕贼惦记。以后你可别睡不着觉了？"

张掖之行，收获颇丰。此后的两年多时间中，我陆续收集了数十种河西古旧地方志的整理校点本或原刊复印本，并将各志序、跋、弁言、凡例之类作了汇集、校点和注释。在《酒泉古旧方志存佚及研究整理考述》一文修订完成后，又一鼓作气，着手撰写《张掖古旧方志存佚及研究整理考述》。手头所有的纸质资料都已使用过了，还缺很多，只好在网上游弋。这时，一个"弱水月年"的网名进入了我的视野。在"天涯社区"的"闲闲书话"中，此人有大量的以书人书话为题材的随笔，意蕴深厚，文笔典雅，读来引人入胜。有一天恍然大悟："弱水月年"，莫非是那个黄岳年？没错，从这些文章的语言风格上看，应该是他的，并且我对他的读书是有一些了解的；但是，他有这么高的水平吗？我订阅《读书》《随笔》杂志和《文汇读书周报》多年了，一向认为，这样的饱学之士，只在诞生于清末民初的那一代学人中，只在名都大邑，在江浙一带文物昌明之区，不可能在僻远的河西，更不可能是如此亲近的同窗好友。带着这样的疑问，我发了一条短信探问："网络上游荡着一个大号'弱水月年'的幽灵，是何方神怪？""呵呵，近来在忙什么呢？"不置可否，算是默认？我惊喜，也嫉妒，思绪不禁回到了二十多年前的金城黄河。

那时的他才二十出头，已表现出颇与众不同的读书倾向：兴趣广泛，古今中外，经史子集都有所涉猎——《诗》《书》《礼》《易》《乐》《春秋》自不在话下，古奥的佛经也读得如醉如痴；不打算行医，却拿到了中医函授大学的本科文凭，并将《黄帝内经》《伤寒杂病论》读得滚瓜烂熟；重诵读，常常怀揣一本小册子，徜徉在黄河大堤上，念念有词；不跳舞，不下棋，不参加任何娱乐活动，每周必定去逛一趟西关什字以西的古籍书店和黄河新桥北端草场街的旧书店；买书要看版本，非中华书局、上海古籍、人民文学、商务印书馆的不买，还有理论——买书如娶妻，必须看门第出身；看上一本折价的旧书，喜欢得不得了，却舍不得几毛钱，一趟趟地跑，站在书店里看半天还不买，一套新出版的《鲁迅全集》，几个月的工资，却毫不犹豫地背回来，到放假时再抽出被卧下的毯子，细致地打包捆扎，找到一根木棒，拉来一个同乡跟他一起扛抬着上火车站；满口的甘州话，好与人辩，喋喋不休，理由充足，逻辑严密，你不认输，他不罢休……

那时的他意气风发，豪气干云，不仅读万卷书，还要行万里路。也许是臭味相投，毕业那年，一起结伴出游，"越秦岭，赴巴蜀；放足峨眉金顶，指顾巫山云雨；阅黄鹤楼，看龟蛇锁江。登匡庐，游鄱阳；俯黄山烟云，感受'立马空东海，登高望太平'的豪迈。过沪跨海，观泰山日出，采太华烟岚。三十日行二万里，情满山河，诗注青春，快意人生，此乐何极"，他早已著文述备矣！

2007年元月，刚放寒假，春节将至未至，我带上《张掖古旧方志考述》草稿再次到张掖，做实地考察，搜集补充资料，以修订完善。他虽然带着一个高三班的语文课，还在补课，但还是抽空陪我参观大佛寺，使我结识了年青博学的吴正科馆长，得到了正科先生新著《大佛寺史探》；引我拜访张志纯先生，探讨《甘镇志》和《肃镇志》的关系，并获赠校点本《甘州府志》和《重刊甘镇志》等数巨册张掖旧志；领我逛一禾书城，使我意外地买到顾颉刚《西北考察日记》，使缺失已久的《西北行记丛萃》第一辑终成完帙……

有一天清晨，他陪我吃过张掖的特色小吃——牛肉小饭后，恰好路过四中，即邀我到办公室小憩。先拿出上好的茶沏上，说是浙江的书友寄来的。话题所及，兴之所至，他又出示一件又一件在书事往还中书友们的便笺尺牍，一同欣赏把玩。钟叔河、龚明德、徐雁、王稼句、自牧、范笑我……那精美的笺纸，淡淡的墨香，优雅的笔迹，以及洋溢于其间的书情、友情，都让我钦羡、陶醉，恍若置身于六朝时期的流风余韵中。

2008年，江南，莺飞草长的季节，岳年兄过苏州，访王稼句先生，会诸多书友。宴罢，王稼句亲自送他回酒店，姑苏才女吴媚媚开车，他抄来它山忆君的话表达彼时的感受："她的车，和她的人一样，充满闺阁气息，驾驶座的椅背上，铺着一块大红丝绸的绣花披巾，缀着长长的，长长的流苏。"酒不醉人人自醉，我想，这长长的，长长的流苏一定会久久地，久久地萦绕在黄岳年们的心中，成为一个挥之不去的意象。

还有那个"桔子黄红"。听听名字就给人一种温馨灵动的感觉，仿佛置身于秋天的山林田园，果香缕缕，诗意盈怀。岳年兄每有新文刊出，她必定跟帖品读；大著出版，她在冬夜万籁俱寂时分贴出《弱水三千，我只取一瓢——阅读〈弱水书话〉》，文字清丽，不染一点尘滓，让人真真感受到什么是"水做的骨肉"。岳年兄在其书话中屡屡言及"福气",我想,因书为媒,得遇这样一些仙品书友,心仪神交,渔歌互答,才是他最大的福气。不然,他怎么会有这样的灵感:"茗香持赠君,非此则何以——吾家橘子一哂"?

当然,他的读书收获的并不仅有添香的"红袖"。我文稿中叙及《陕西行都司志》的存佚时,沿袭了张维《陇右方志录》的说法,标以"佚"字。他提醒说,此著不一定"佚"了,《古今图书集成》之《方舆汇编·职方典》中有《陕西行都司部汇考》,或即《陕西行都司志》,亦未可知。第二天,我去拜访王秉德,老先生看到这个"佚"字时,指着直接屋顶的书架,示意我取下一沓资料,原来正是《陕西行都司部汇考》的复印件,而这复印件正是岳年兄几年前提供的。循此线索深究下去,两年后,我大体理清了这部明代唯一的行都司志的存佚情况,完成了《〈陕西行都司志〉存佚考》这篇颇受同行专家看重的论文。

他得知我在汇集校释河西古旧方志序跋,打来电话,说谈迁——就是明末撰《国榷》的史学家——作有《河西总镇图说序》,收在《枣林集》中。我大喜过望,因为我知道,《河西总镇图说》久佚,后世学者都是只闻其名,莫知其详,现在找到其序,虽仍不能知其详,但窥其梗概,亦可谓重大发现了。于是从网上购到辽宁教育出版社的《谈迁诗文集》,录出了《河西总镇图说序》，并将《河西总镇图说》作为一个条目补进了文稿中。

凡此种种，不一而足。

而他所知道的这一切，都不是有意为之，全从日常"无用"的读书中得来。著名作家铁凝曾在一篇谈阅读的文章中写道："'无用'的阅读，正如文化给人的力量一样，更多是缓慢、绵密、恒久的渗透。然而一切都有痕迹，我们沉重的肉身会因此而获得心灵的轻盈和洁净。"正是这"无用"的阅读，不仅使他获得了真知，更使他享受了阅读的乐趣，从而赋予他的读书以一种高古的格调和清新俊逸的气象。

读得广，悟得深，有成效，一往情深，乐在其中，是我对他的读书所作的总结。所以，当我在"闲闲书话"中读过他的《一月书事》之后，禁不住给他发短信："半夜醒来，月光如水。读宋庆森《现代书话世纪回眸》，突发奇想：写一部河西书话史。从谁说起呢？该不会是那个什么弱水月年吧？"他回复："呵呵，舍我其谁？"

由此，我私自赠他"河西第一读书种子"的称号。

但他并不接受。

孔子说："不得中行而与之，必也狂狷也乎！狂者进取，狷者有所不为也。"岳年兄身上向有狂狷之气。其狂，在他的博览群书，在他的有所不为，有其底气作支撑；在他的勇猛精进，有他的弘扬传统文化、营造读书氛围、匡正时弊的理想情怀在其中。这是我所欣赏的，也正是他的魅力之所在。因而，多年不见，乍见之下，即有如本文开头的那些言论。

但他还有中庸的一面；面对世俗，也不能不有所顾忌。毕竟，他读过的不仅是有字之书，人生阅历也是有的；更何况，他是一个有悟性的读书人。太史公云："事未一二为俗人言也。"他也是深得其中三昧的。

但元稹《与白乐天书》又说："不可使不知吾者知，知吾者亦不可使不知。"天地广大，吾德不孤，更何况，还有那在水伊人呢！

那个同样"嗜书、读书、购书、淘书、著书、教书、评书，以书为友，以书为乐，以书为生"的南湖藏书楼主人余三定又有更为极端的言论：广义上的读书应该包括读书、藏书——藏书还包括购书、淘书、赠书——著书；不著书算不得真正的读书人。而我知道，岳年兄写了那么多的书话，是有汇聚成编、付诸铅椠的打算的。所以，2008年国庆期间，我曾发短信促他："你的书话何时面世？书评早已写好——正标题：河西第一读书种子；副标题：黄岳年其人其书；提纲：凭兴趣读，读得广，悟得深，有成效。"到春天的时候，散发着油墨芬芳的《弱水书话》即捧在了手上。金秋十月，台北版的《弱水读书记》也同书友们见面了。这不，"2009 年的花儿也谢了"，我预支的书评尚未成草呢，他的第三本书话又将在内蒙古人民出版社出版。

有了这等身的书话著作，他也算是将读书人做地道了。所以，值此良辰美景，赏心乐事，我不得不重提"河西第一读书种子"的老话。

如果有谁不服，明年秋天九月初八，燕支山上见。

如是我闻：

无论是东方还是西方，人性中都有一个弱点，就是"贵远贱近"，"贵耳贱目"，总觉得远在古代（时间之远）和远在天边（空间之远）才宝贵，而身边与当下的人物却不值得珍惜与敬重。刘勰对于"知音难求"的解释就讲了这一人性弱点。黑格尔在《精神现象学》里批评"仆役眼里无英雄"，也是在说明"贵远贱近"是人类普遍的弱点。我可以引为骄傲的是自己没有染上这种病症。我明白"资源就在附近"（梭罗语），高山就在眼前。我身边的好几位挚友，都是当代中国与人类世界的天纵之才。李泽厚是其中的一个，无论他是在哲学所（文学所附近）还是在美国落基山下（我家附近），我都深知他精神创造的价值，都在口里叫他"泽厚兄"时心里敬他为自己的老师，"兄长"与"师长"融合为一。1995 年，我在《告别革命》中如此称呼他并郑重评价他为"中国大陆人文科学领域中的第一小提琴手",没想到,我的评价和我的称呼竟遭到许多攻击,说我未免太贬低了自己。对此,我写了《我的骄傲》一文,作了回答。其中一段如是说:

我把李泽厚当作"师长",不是我的谦虚,而是我的骄傲,不是我的自我贬抑,而是我的自我肯定。不用说李泽厚这样杰出的思想家,即使是一些普通的作家诗人,只要我能从他们的文字中得益,我也把他们视为老师。不耻相师,在少年时代我就懂得这一道理。我记得出生于智利的大诗人聂鲁达说过一句话,他说:"我把所有的诗人都称作我的老师,这不是我的谦虚,恰恰是我的骄傲,因为要不是我熟读了在我们国土上以及在诗歌的所有领域写下的这一切佳作,哪里会有我今天的一切。"这是他就任智利大学哲学教育系学术委员时在演讲中说的话,这句话在我心中共鸣得很久,而且使我知道他为什么会成为伟大的诗人。知道一个伟大的诗人在知识面前总有一种永恒的谦卑,并且把这种谦卑视为骄傲。(刘再复《中国现代美学的第一小提琴手》,载《李泽厚美学概论》,三联书店,2009 年)

# 后记

当了三十多年老师之后，又做典书人了。工作状态的转换，是精神和心灵的升华。这不，这两年的文章是少写了很多，但是精神却一直处在向上的清醒中。知道自己要做些什么，目标在哪里。连续三年了，没有印过自己的书，但却编印了《王登瑞诗存》《甘州区图书馆馆藏古籍图录》《甘州书声》《袁定邦诗文集》《我在书房等你》等书，主编着《张掖阅读》报，颇有些兴灭继绝的意味。这倒不是王婆卖瓜，自卖自夸，是饥者歌其食，劳者歌其事。要知道，张掖是一个历史文化名城，她的兴旺发达，一直是国家战略的愿景。弱水文明张国臂掖，甘州典籍映古辉今。这是我为图书馆所拟的一副对联。这样美好的一个所在，是知道我奉献和付出的，我为此感到幸福。

在图书馆，我看见了五百年前甚至更远的古籍，上面有当年的捐赠者留下的红红的印记。面对这些的时候，一个爱书人读书人的情怀，就会弥散开来，馥郁芬芳。那是怎样的情形。

在爱读书的旗帜下，聚集了许多可爱的人，少长咸集，群贤毕至，与他们交，如饮醇醪。幸会与久仰，一波接着一波，一茬挨着一茬，若此不疲，精精神神。这应该是这本书里面多有的意思，不同的只是这书中的文字，更多的是精神世界中的，而现在经历的，更多的是在生活中。

第十四届全国民间读书年会举办在即。作为此一事件的策划人，我当然乐见其成。前面所说的五种书，四种就是为这次年会做的，没有大家的帮助和支持，这一切都不会成为现实。而这本书，也可以说是这次年会的一个副产品。

当然要感谢徐雁先生。是他热心约稿，才有了这本书的编辑。附录文字，是师友眼中的样子。谬奖在前，惭愧无限。深谢。为一斑计，亦收录之。在全民阅读深入开展的大背景下，为读书做一点力所能及的贡献，是所至愿。书中文字，是自己读书生活的一些经历，是一些有关读书的札记，或为针头线脑，或为小钉木屑，倘使有用有助于爱看书的人，则余愿已足。

**2016 年 6 月 10 日傍晚时分，在夕阳金辉中**

**书稿辑成，已逾年余。稍有修订发出，心有光明，良可慰也。2017 年 11 月 14 日傍晚又及。**

书稿校毕，数小时后即是元旦。回望过往，情怡心开，欢欣喜悦。书道乐处，岁月如斯。颂曰：岁末理书有所思，笔拙不画入时眉。动车东行水西流，正是新年好赋诗。

2017 年 12 月 31 日夜